時代遅れの恋人たち

西 綾

Parade Books

Contents

時代遅れの恋人たち

時代遅れの恋人たち～電話～

三月に入り、暖かな朝だった。

朝方の浅い眠りを醒ますように、スマホの着信音が鳴った。

綾《あや》は枕に顔を半分埋めながら、枕元のスマホに手を伸ばした。時刻は午前六時を少し回ったところだった。

電話の相手は医大時代の同期生の宮本輝明《みやもとてるあき》だった。

「こんな時刻になにかあったんやろうか?」

少し怪訝《けげん》に思いながら、綾はスマホに応答した。

「もしもし、西《にし》です」

「俺、宮本やけど? もう起きとった?」

「判ってる。こんな時間にどないしたん? なにかあったん?」

綾は心配そうに訊《き》いた。

「なにもないよ。狩りも終わって暇やからな。俺は診療以外にすることがないねん」

宮本は少し笑いを含んだ声でそう答えた。

宮本は元来多趣味な人間だが、現在は狩猟に凝っていて猟友会に入り、シーズンになるとたつの市や宍粟市（※1）の猟場へ出かけているのを綾は知っていた。

「せやから、私を早朝叩き起こしてええという理屈になるん？」

綾は嫌味で返したが、これは宮本のいつもの電話であり、重大事が彼の身の上に起きたのではないと悟って、内心、安堵《あんど》していた。

「せっかくイケメン君の夢を見て良いところやったのに、私の夢を返して欲しいな？」

綾は、また皮肉を言いながら寝床の上に身を起こし、カーディガンを羽織った。

「暇やったから、ごめんな」

「暇やったら、お得意のチーズケーキでも焼いたらええのと違う？」

「チーズケーキはもう焼けたで。今、粗熱を取ってるわ」

宮本は健康に気を使って糖質制限をしており、そのため、砂糖と小麦粉を使わないオリジナルレシピのチーズケーキを焼くのを日課にしている。『バスク風チーズケーキ』と宮本が銘打つそのケーキの写真は以前見せてもらったことがあるが、こんがりと焼けて食欲をそそられる色であった。狩猟にしても料理にしてもそうであるが、宮本は凝り性である。

「ところで、コロナで患者さん減ってるん？」

宮本は大阪で眼科のクリニックを経営している。

「減っているといえばそうやなぁ。西さんところはどないなん？」

綾は香川の精神科病院の勤務医である。

「うちは受けつけの段階で熱発患者を弾くから、減っているといえばやはりそうやけど、通院歴の長い患者さんは来てはるからね。それより、認知症の母の介護の方が大変やよ」

「それは大変そうやな」

「そうやよ。せやから、朝くらいゆっくり寝たいもんやね」

綾はまた皮肉を言った。

「俺は毎朝五時には起きてるよ」

宮本が悪びれずに答える。

「早起きするとは、宮本くんも爺様になったもんやね？　私も来年還暦やよ」

「そうなん？　それはおめでたいなぁ」

「なにかお祝いしてくれるん？」

綾は少し頬《ほお》をゆるめて訊く。

「考えておくわ」

宮本も笑いながら答える。

「そしたら、俺、ちょっと外を走ってくるから。西さんも元気でな」

「電話をありがとう。またね」

「ほんなら、またね」

そういつものように言って、電話は切れた。


時計を見ると、時刻は午前六時半に近かったが、まだ少し眠かった。

だが、綾は朝早く起きると、ネットで趣味の将棋を指すことを習慣にしている。将棋ウォーズ三級から進歩しないヘボ将棋であるが、母の介護で溜まったストレスを解消するのに効果があると思っている。

ただ、宮本と話した日は中村雅俊《なかむらまさとし》の『時代遅れの恋人たち』を聴きたくなるので、スマホで将棋を指しながら、ｉＰａｄで聴いた。

手のひらに澄んだ水をすくって
お前の喉に流し込む
そんな不器用で強くやさしい

つながりはないものか〜♪

居飛車党（※2）の綾の戦法は、今朝もいつもと同じく矢倉棒銀（※3）である。玉を矢倉に囲い（※4）、銀と香車を交換して、一筋突破の端攻めを狙う。また、相手も矢倉に囲ってきたので、戦型は相矢倉である。

綾の角が1三に成りこむと、2二にいた相手玉は2一に下がるしかなくなる。綾は持ち駒の銀を1二に打って、相手玉を詰ませると「よし！」と笑顔でつぶやいた。

矢倉の端攻めは型にハマるときれいに決まる。

綾は対局の終わった将棋のアプリを見つめながら、宮本との関係についても考えていた。宮本との関係は型にハマったものではないが、それなりにきれいな軌跡を描いてきていないだろうか？　……多分、そうなのだろう。綾は宮本から電話のあったその朝、将棋の勝ちにも宮本との関係にも満足していた。iPadから流れる『時代遅れの恋人たち』の歌詞ではないが〝不器用だが強く優しいつながり〟それが綾と宮本の関係を象徴しているように思えた。

春の朝の澄んだ空気の中で爽やかなメロディーに包まれながら、綾は食事の準備をするために身支度を整えた。

不思議なピーチパイ～出会い～

男友達の宮本輝明は、香川の医大時代の同期生であり、出会いは今から三十五年前の八五年春に遡《さかのぼ》る。

綾は再受験で入学したので五浪計算で二十三歳、宮本は三浪で入学したので二十一歳の春に二人は出会っている。

綾も宮本も出身が大阪で、ふたりとも関西人気質を持ちあわせていたので、元から気のあう下地はあったのかもしれない。

綾は卒業後も母校に留まり研修を受け、母校のある街の精神科病院に勤務している。

一方、宮本は医大を卒業後に実家のある街へ戻り、現在は大阪で眼科のクリニックを開業し、ひとりで営んでいる。

医大を卒業して三十年近くになるが、その間、綾と宮本は頻繁ではないがずっと連絡を取りあっており、今でも友情は続いている。二人が卒業後会ったのは、九年前の同窓会の一度きりであるが、宮本は綾にとり最も親しい男友達かもしれない。綾からすれば宮本は〝なんでも遠慮なく言える間柄〟であり、宮本の方も綾の言葉を受け止める度量を持っている。

しかし、あくまで『男友達』であって、ふたりはこれまで一度も一線を越えたことがない。そういう機会がなかったかと問われればあったかもしれないが、どこかで運命はふたりが一線を越えることを許さなかったのか？

宮本との関係を考える時、綾はいつもこの問いに悩まされる。

ところで、綾と宮本が最初に話をしたのは入学して間もなくの頃、大学の駐輪場である。

同期生が入学後、次々と運転免許を取得する中で、綾と宮本はそれに倣わず、ふたりとも自転車で通学していた。

ある初夏の夕方、綾が下校するために駐輪場に停めてあった自転車に乗ろうとすると、鍵を失くしていることに気づいた。普段は自転車の鍵を無造作にジーンズのポケットに突っこんでいた綾だが、これまで紛失したことなどなかった。しかしその日に限っては、ジーンズのポケットも鞄の中も探してみたが見当たらなかった。綾は困って自転車の傍《そば》にかがみこみ、その錠を眺めていた。

その時、背後で声がした。

「西さん……やったっけ？　どないかしたん？」

綾が声の方を振り向くと、夕刻の西陽の中に長髪の男性のシルエットが映っている。

それが、宮本輝明であった。

「……あの、宮本くん？　鍵を失くして困ってるんよ？」

「鍵がないん？」

「そうなんよ、ご覧のとおり、錠を開けられなくて、途方に暮れているんやよ？」

宮本は綾の自転車に近づいて、錠の部分を同じように眺める。

その時、綾は宮本が彫りの深い目鼻立ちの整った顔立ちで、肩まで届く長髪がよく似合っていると感じた。今でいえば、宮本はサッカー選手のボンバーこと中澤佑二《なかざわゆうじ》に似た雰囲気である。宮本の格好も、綾と同じくラフなTシャツとジーンズ姿である。

「それやったら、もう錠を壊して外さな仕方がないなぁ」

宮本は腕組みをして言った。

「そうなんやね？」

「俺、ちょっと学生課に行って、ドライバーでも借りてくるわ」

「宮本くんが作業してくれるん？」

「ああ、任しといて」

宮本は軽やかな足取りで駆け出すと、学生課の方に向かった。

「宮本くんはハンサムな上に、ハートウォームなんやね」

綾は宮本の後ろ姿を見つめながら、ひとりごちる。

綾が宮本に対して好意を持った最初の瞬間である。

ほどなくして、宮本がドライバーを片手に駐輪場に戻って来た。宮本は駐輪場から通路へと綾の自転車を軽々とかつぎ出すと、錠をドライバーで壊し始めた。ものの十分もしないうちに、見事に錠は壊れて、綾の自転車から取り外された。

「これで、もう乗れるから、大丈夫やで」

宮本は額の汗を拭いながら言った。

宮本の汗に濡れた顔を、綾は美しいと思い、少しまぶしく感じて見つめていた。

「どうもありがとう、助かりました」

綾は丁寧に礼を言った。

「どういたしまして」

宮本も少し改まって答えた。

「宮本くん、汗をかいたようやけど、お礼になにか飲み物でもごちそうさせて?」

「いや、ええよ、気を使わんとって」

「もし、帰るのを急がないんやったら、私も喉が渇いたし、コーヒーでも買ってくるから」

そう言って、今度は綾が自販機の方に駆け出した。

綾は自転車の錠が壊れたのは痛いけど、それ以上に素敵な男性と友人になれるかもしれないと考えると胸が弾んだ。

缶コーヒーを二本買って駐輪場に引き返すと、宮本もまだそこにいた。綾は安堵し、宮本に缶コーヒーを渡しながら、改めて礼を言う。

「今日は本当にありがとうございました。助かりました。宮本くんがいなかったら、どうしていたことか」

綾は苦笑した。

「そんな大したことやないよ」

宮本も笑って答えた。

それから二人は缶コーヒーを飲みながら、しばし立ち話をした。

宮本がこの医大に入ったのは、祖母の実家がこちらにあり、土地柄に親近感があったこと、そして、父親は四十代でサラリーマンを辞めて歯学部に再入学し、歯科医師として開業していることなどが自分の進路に影響したことを話してくれた。

駐輪場での別れ際、二人はあたかも明日も続きがあるようにあいさつをした。

「今日は本当にありがとう。それじゃあ、またね」

「西さん、気をつけて帰ってな。ほんなら、またね」

自転車に跨り、初夏の爽やかな風を受けて川沿いの道を家路に向かっていると、綾の頭の中を、竹内《たけうち》まりやの『不思議なピーチパイ』が流れてきた。

思いがけない　Good timing
現われた人は　Good looking
巻きこまれそうな　今度こそは
それならそれで　I'm ready for love
ふりそそぐ陽ざしも　Wow wow wow good timing～♪

ロマンス～日本一～

綾たちが医大に入学した八五年は、阪神タイガースが球団初の日本一を成し遂げた年でもある。

綾は子どもの頃からの阪神ファンであるが、その原体験は幼い頃に父に連れられて行った甲子園球場で江夏豊《えなつゆたか》投手を観たことである。スタメン選手の名前が発表される時に「9番ピッチャー江夏」のコールにどよめいた甲子園球場を、半世紀以上経った今も綾は忘れていない。野球のやの字も知らなかった当時の綾にも、江夏投手の偉大さは充分判るようなどよめきであった。

ところで八五年の阪神は、シーズン序盤からいわゆる『バックスクリーン三連発』が飛び出すなど快進撃が続き、十月に神宮球場でリーグ優勝を決めていた。

綾はその時も下宿でラジオ中継を聴いていたが、中西《なかにし》が最後の打者角《すみ》を打ち取った瞬間、小躍りして喜んだものである。普段は酒を飲まない綾であるが、その時はシャンパンを開けてお祝いをしたほどであった。

そして迎えた日本シリーズの相手は、広岡《ひろおか》監督の管理野球で名高い西武ライオンズである。

阪神が3勝2敗と日本一に王手をかけた第6戦は、十一月二日土曜日の午後一時、西武ライオンズ球場でのプレーボールだった。

土曜日は午前中に体育実技の授業があるだけで、午後は講義はない。綾はこれ幸いと、午後からも大学に残り、テレビのある談話室に向かった。綾の下宿にはラジオはあるが、テレビは置いていない。

綾が談話室に入ろうとすると、丁度向かいの本屋から出て来た宮本と鉢合わせする格好となった。

「西さん、まだ帰らへんの?」

「今日は稀有《けう》な日本人になる特別な日やからね」

綾は、はじけるような笑みを浮かべて言った。

「えっ? 稀有な日本人って、なんのことなん?」

漫画なら、さしずめ宮本の頭からクエスチョンマークが出ていそうだ。

「宮本くんも稀有な日本人にならへん?」

更に、笑みを拡げて綾は言った。

「なんや、宗教の勧誘みたいやな」

宮本が苦笑する。

「ええから、一緒に稀有な日本人になろうよ」

そう言って、綾は宮本の背中を押すようにして談話室に入ることを促した。宮本は大した抵抗もせず、綾と一緒に談話室に入る。

日本シリーズ第６戦は、プレーボールがかかるところだった。

周りには、やはり阪神の日本一を見届けようとしている学生たちが数名、テレビの画面を見つめている。

綾は宮本と共に椅子に腰を下ろすと説明した。

「この試合、阪神が勝てば初めての日本一になるんよ。せやから、それをリアルで目撃するのは大変稀有な体験というわけやね」

「意味が判ったわ。ところで、西さんは、やはり阪神ファンなん？」

「そうやよ、子どもの頃からのファンやよ。宮本くんは？」

「野球は嫌いやないけど、あまり観てへんなぁ」

宮本はヨット部でサークル活動をしている。

試合が始まった。

阪神は初回に長崎《ながさき》の満塁ホームランで幸先よく先制する。先発のゲイルも好投し、試合は阪神のペースで進み、9回表には更に掛布《かけふ》にダメ押し2ランが出る。そして9回裏、ゲイルが最後の打者伊東《いとう》を打ち取ると、阪神が3対9で勝利し、悲願の日本一に輝いた。

その瞬間、綾も談話室にいた学生たちも小躍りしテレビ画面に向かって拍手喝采を送った。

「西さん、阪神が日本一になれて良かったなぁ」

宮本も息を弾ませるように言う。

「ね？　稀有な体験ができたでしょ？」

「そうやな、俺も稀有な日本人の仲間入りなんやな」

宮本が屈託なく笑う。

綾は阪神が日本一に輝いたのは勿論嬉しいが、その体験を宮本と共有できたことが、喜びを倍増させているように感じていた。ひとり下宿でリーグ優勝を祝った時と異なり、今日は宮本と阪神が日本一になった喜びを分かちあっている。

駐輪場で初めて宮本と話をしてから数ヵ月が経っていたが、綾は今日の出来事で宮本との距離が少し縮まったような気がしていた。

宮本の存在を近くに感じながら、綾の頭の中を『六甲おろし』（※5）に重なりあうように岩崎宏美《いわさきひろみ》の『ロマンス』が流れていた。

あなたお願いよ
席を立たないで
息がかかるほど
そばにいてほしい～♪

恋の季節 ～再試験～

医大の四年生の時、宮本が再試に追われ、綾の下宿を訪ねて来たことがある。

冬の寒い季節で、時刻は夜の九時を回っていた。

綾が下宿の玄関で宮本を迎えると、宮本は堰《せき》を切ったように訴えた。

「西さん、俺、生化学と薬理の再試、ふたつ抱えてるねん。ちょっと助けて欲しいねんけど？」

綾は了解し、宮本を下宿へ招き入れた。

ふたりは綾の下宿の六畳一間の部屋に置いてある炬燵《こたつ》に入り、向かいあった。

「手伝えることがあったらするから、まあ暖まって」

綾はそう言って熱い緑茶を淹《い》れ、宮本に勧めた。

「ありがとう。薬理は出る問題が決まっているから、西さんに模範解答を作って欲しいんやけど？　俺は、その間、生化学の勉強をするわ」

綾は同意し、宮本の差し出した薬理学のプリントの問題をさっそく解き始めた。宮本も真剣な表情で、生化学の勉強に取りかかった。

綾はいわゆる真面目に勉強するタイプであり、性格的にもどちらかというと短気で、嫌なことでも先延ばしできない性質《たち》であった。そのため、綾は試験も落とすことがほとんどなかったが、対照的に宮本はおっとりとしたのんき気な性格であり、それが災いしてしばしば試験を落とし、再試を抱えていた。

性格的には、ふたりは正反対といって良い。

ただ、宮本は綾に「試験対策に」と言って、先輩のノートなどのコピーの差し入れをよくしてくれていた。綾は講義にもほぼ休まず出てノートも自分で取っていたが、それでも先輩のノートのコピーは、自分のノートの不備を補完するものとして価値があった。

そして、それをいつもほとんど無償で差し入れてくれる宮本の優しさに感謝していた。

「そのお返しをする良いチャンスかも」

綾はそう考えて、宮本の再試の手伝いをすることにしたのだった。


綾は宮本に頼まれた薬理学の模範解答を作り上げると、宮本に声をかけた。

時刻は夜中の0時に近かった。

「模範解答かどうか自信はないけど、参考にして」

「ありがとう。助かるわ。俺は徹夜で勉強するけど、西さんはもう寝てくれたらええよ?」

「ええわよ。宮本くん、ひとり置いて寝られへんから」

「ええから、布団敷いて寝てよ?」

宮本はごく自然に言ったが、そこで綾は一瞬、宮本の男性性に対する恐怖を覚えた。

綾はまだその時、男性経験がなかったので、本能的な恐怖感だったかもしれない。

もし、宮本と文字通り一夜を過ごすということになれば、宮本が綾にとり最初の男性になる。確かに、宮本に対して好意を持っている綾ではある。だが、その時の綾には宮本と男女の関係になる覚悟がまだできていなかった。なにより、単純に男性経験のないことが、セックスに対する恐怖感を必要以上に増幅させていた。

もっとも、今考えれば、それは綾の取り越し苦労に過ぎなかったかもしれない。再試をふたつも抱えて、泣きついている同期生相手に性欲が湧くものかどうか、少し考えれば判りそうなものだ。

しかし、ふたりが一夜をひとつ屋根の下で過ごすという状況には変わりはない。

綾は宮本の勧めを断った。

「朝まで宮本くんにつきあうから、そっちこそ、私のことは気にせんといて」

綾は炬燵に入ったまま、傍の本棚から森瑤子《もりようこ》のエッセイを取り出し、宮本と向かいあった姿勢を崩さずに読み始めた。

宮本は心持ち表情を引き締めて、勉強を再開した。


夜が明けた。

二人は綾の下宿で一夜を共にしたが、綾が望んだ通りに一線を越えることはなかった。

「お腹減ってへん？　ありあわせしかないけど、食べて行って」

綾は宮本の努力をねぎらうように声をかけた。

宮本も勉強を切り上げ、うなずいた。

綾は冷蔵庫にあったゆで卵とチーズ・ツナ缶でホットサンドを作り、温かいコーヒーを淹れて宮本に勧め自分も一緒に食べた。

「ありがとう。ほんまに助かったわ」

宮本の表情にも少し安堵がうかがえた。

コーヒーカップを眺めながら、ふいに綾の頭の中を昔のメロディーが流れた。

夜明けのコーヒー
ふたりで飲もうと
あの人が云った
恋の季節よ〜♪

綾の口元がほころぶ。

「どないしたん？　楽しそうやな？」

「なんにもあらへんよ。思い出し笑い」

「朝からご機嫌さんやな」

宮本もつられるように笑う。

朝食を終えると、綾は玄関まで宮本を送り出した。

「グッドラック！　試験、頑張ってね」

「ありがとう。頑張るわ」

宮本は軽やかに自転車に跨ると、綾の下宿を後にした。

黒の舟唄～入局試験～

医大の六年生になると、みんなが就職活動をする。

夏休みなどに入局を希望する大学病院の見学に行き、実際の雰囲気に触れる。

綾は生まれ育った大阪に近い、京都の医大の精神科への入局を考えていた。その当時の綾は、精神科の治療法のひとつである認知療法（※6）に興味を持っていたが、京都の医大には、その専門家がいた。また綾自身が学生時代の後半、軽い精神的な不調に陥っていたこともあり、それからの脱却のためにも認知療法を学ぶことは有効に思えた。

たまたま宮本と就職活動の話をすると、宮本も綾と同じく京都の医大の眼科への入局を希望していることが判った。宮本の弟はこの京都の医大に在籍中であったので、それもあり、宮本はこの大学に親近感を持っていたようである。

京都の医大の入局試験は、筆記試験と面接であった。筆記試験は卒業試験の対策で間にあうであろう、面接で志望動機を訊かれたら、「認知療法のご専門のA先生がおられますので」と答えれば良いだろうと綾は考えていた。

宮本と話をして、一緒に地元に戻り、入局試験が終わったら落ちあう約束をした。綾は精神的不調に加えて風邪を引き、体調はかんばしくなかったが、地元へ帰る新幹線の中で、宮本は綾の体調に気を使って、自分の着ているダウンジャケットを綾にかけるなど優しく接してくれた。

京都の医大の入局試験の日が来た。

綾と宮本は、それぞれ、実家から京都へ向かった。

まずは筆記試験を受ける。

教室の雰囲気は母校のそれと変わらず、落ち着いていた。

卒業試験のための勉強をしているとはいえ、問題は結構難しかった。綾は「六割くらいのでき」という手応えである。

次に面接試験。

志望者は各科ごとに分かれて面接試験を受ける。

精神科の志望者は七～八名おり、初対面にもかかわらず世間話に花が咲いた。認知療法や精神病理学（※7）に詳しい志望者もいて「こういう人たちが将来の仲間なら悪くないな」と綾は思った。

実際の面接では、予想どおり志望動機を訊かれたので、綾は用意しておいた答えをそのまま述べた。

「認知療法に興味があり、ご専門のA先生がおられますので。ご著書も拝読いたしました」

しかし、面接官は無情にも言った。

「A先生は、もうこちらにはおられないんですよ」

綾は二の句が継げなかったが、なんとか無事に面接を終えることができた。

宮本とは約束どおり、医大の構内で落ちあった。

京都の医大では、精神科は眼科の近くに外来の診察室があった。

宮本は綾の顔を見ると、開口一番言った。

「学内の志望者が多いから、よその大学を考えておいてくれた方がええと言われたよ」

「私も認知療法のA先生は、もうここにはおられないと言われたわ」

ふたりとも肩を落とし、まるで、恋人に振られた者同士のようだなと綾は思った。

「これから、どないする?」

「せっかく京都に来たんやから、街ブラして美味しいものでも食べへん?」

綾は気持ちを切り替えるように言った。

綾と宮本は京都の街へと出た。ふたりとも土地勘はなかったが、晩秋の静かな古都の街並みは、見ているだけでも心を落ち着かせた。時折、通りすぎる華やかな和服の女性の姿も京都らしさを感じさせる。

宮本と肩を並べて歩きながら、綾は二年前に宮本の再試の手伝いをしたことを思い出していた。

「あの時はなにも起こらへんかった。今回はどないなるやろう?」

綾は宮本の横顔を盗み見るようにして考えた。しかし、宮本の態度は普段となんら変わりなく、綾が想像しているようなことは素振りも見せないのだった。

綾も今一度自分に問うてみた。

「あの再試の手伝いの時は、私は一線を越える覚悟はできてへんかった。今なら宮本くんを受け容れられるのやろうか？」

綾の答えは「ＹＥＳ」であった。あの再試の時と違って、今は宮本の男性性に対する恐怖感はない。だが、宮本から何のアプローチもない以上、綾の気持ちは空回りであった。


綾は心の内を宮本に見透かされるのを避けるように、明るい口調で話しかけた。

「あそこの暖簾《のれん》のお店、料理屋みたいやけど、入らへん？　私、お腹が減ったわ」

「そうしようか？」

宮本も同意する。

二人が入ったのは、京都らしい町家造りの和食の店であった。座敷の席に向かいあって座ると、宮本の希望でふたりはすき焼きを注文した。テーブルクッキングの店だったので、鍋奉行は綾がした。食べながら、ふたりの話は自ずと今日の試験のことになる。

「宮本くんと一緒に就職するという話は、これでなしやね？」

「俺の方は無理やからな。けど、西さんは入ったらええのと違うん？」

綾の内心を知らず、京都の医大に入ることを勧める宮本。

「う〜ん、認知療法のA先生もおられないということやし、もうテンション下がったわ」

綾は苦笑して言った。

しかし綾は、内心では認知療法の専門家がいないということより、恐らくは宮本と同じ病院に就職できないという事実の方が堪えていた。宮本は綾にとり精神的な支えであり、その存在はこれから先も必要だと思われた。だが、卒業したら、二人は別々の道を行くことになる運命なのか……？


すき焼きを食べ終えると、二人はＪＲ京都駅に向かった。

晩秋の日暮れは早く、辺りはもう薄暗い。

駅へ向かう道を歩きながら、宮本はいつもと同じように綾に話しかけてきたが、綾が想像していたようなことは最後まで起きなかった。

「京都傷心旅行やったね」

京都駅のホームで新幹線を待ちながら、綾は笑って宮本に言った。

綾が「傷心」と言ったのは、ふたつの意味である。

ひとつは認知療法の専門家が京都の医大にいなかったこと、もうひとつは宮本からなんのアプローチもなかったことである。

だが、これは自分自身に問題があるのだろうと綾は先刻から考えていた。つまり、恋愛体質と呼ばれるような女なら生来持っているはずの、男を落とす手練手管や恋の駆け引きのテクニックなどの謂《い》わば〝恋愛の才能〟、そういった諸々のものが綾には決定的に欠落しているのだろう。

男を惹《ひ》きつけるフェロモンや色気も、多分、全く出ていない。容姿は十人並みだと思っているが、恋愛における女としての才能や武器などは、残念ながら何も持ちあわせていない。実際、綾は体調が優れなかったが、それを理由に宮本にもたれかかるような真似もできなかった。宮本から見た場合、綾は〝隙のない女〟と映っているに違いない。もっとも、単純に綾が宮本の性的な好みではないという可能性もあるが……。

いずれにせよ、宮本との心地よい関係を続けるなら、そんな才能はなくてむしろ良かったのかもしれないと綾は自分に言い訳をした。

「男と女は寝たら、ある意味で終わる」

そんな言葉も綾の脳裏に浮かんだ。

「こんな内省ができるのは、京都に来たことが、良いチェンジオブエアー（※8）になったからかもしれない」

綾は考えていた。

ところで、綾の将棋の棋風は攻め将棋である。しかし、宮本に対しては全く攻めることができないのも不思議な気がする。宮本に王手をかけることはおろか、王手をかける前に飛車を切ったりするような大胆な真似も一切できない。せめて、宮本の陣地に歩が成りこんで、と金の一枚でもできれば恋人の関係になれるかもしれないが、宮本陣の壁は厚い。宮本は将棋を指させたら、受けの天才ではないか？などと綾は考えていた。ただし、宮本の受けが強いのは相手が綾の場合に限られるかもしれないが。

綾の気持ちが伝わったのか、宮本も言った。

「ほんまに、なにしに京都まで来たんやろうな？」

「王手飛車取りかけられに来たようなもんやけど、私は内省が深まったんよ」

「内省ってなんのことなん？」

「すき焼きは美味しかったけど〝美味しい女〟に関しての洞察もできたわ」

「美味しい女？　わけが判らへんな」

宮本が少し首をひねる。

「それと、宮本くんがもし将棋を指したら、きっと受けが強いと思うわ」

「なんで、そんなことが判るん？」

「美女の勘やよ。チェンジオブエアーで勘が冴えてるんよ」

宮本が綾の顔を見て笑う。

二人は新幹線に乗って香川に戻った。

夜の漆黒の車窓を眺めながら、綾の頭の中を、また昔のメロディーが流れていた。

男と女のあいだには
深くて暗い河がある
誰も渡れぬ河なれど
エンヤコラ
今夜も舟を出す〜♪

ただお前がいい 〜別れ〜

卒業後、綾は母校の精神科に入局し、宮本は実家に近い大阪の大学病院の眼科に入り、二人は離れ離れになった。

綾と宮本は医師国家試験のための勉強もよく一緒にしたし、その後、頻繁に食事も共にしたが、男女の関係になることは最後までなかった。同期生から「西さんと宮本くん、つきあっているの？」と訊かれることもあったが「ＮＯ」と答えるしかなかった。

綾は国家試験が終わった後、宮本が大阪へ帰るのを見送りに駅まで行ったが、別れる時も、特に言葉を交わすことも、ましてや、なんらかの約束をすることなども全くなかった。宮本になんと言葉をかけて良いのか判らなかったというのが、正直なところである。

そもそも、宮本への感情が好意以上のものなのか、綾自身にも明確には判っていなかった。医大時代の六年間、宮本は綾の精神的な支えであったことは間違いない。しかし、男と女としては常に越えられない一線があった。「宮本が好きか？」と訊かれれば「そうだ」と答えたであろうが、実際には宮本を追って、同じ大学病院に就職するという選択はしなかったのだから。

別れ際、宮本は電話を切る時と同じように「西さん、元気でな。ほんなら、またね」と言った。綾も「宮本くんも、元気でね。またね」と答えた。

それだけであったが、あるいは、それで二人には充分だったのかもしれない。これで離れ離れになるような別れの仕方ではないなとも綾は感じた。

駅から帰る道すがら、綾の頭の中を、また昔のメロディーが流れた。

また会う約束などすることもなく
それじゃまたなと別れるときの
お前がいい～♪

時代～開業の誘い～

綾の学生時代からの精神的な不調は、仕事を始めてからも続いていたが、宮本が傍にいないという痛手も小さくはなかった。

しかし、そんな綾の置かれた状況を知る由もなく、卒業して間もなくの宮本は、箍《たが》が外れたように女遊びに余念がなかった。綾の元へも、夜中に宮本から電話がかかってくる。決まって夜中の0時を回って、綾が就寝しようとするところを狙いすますように電話のベルが鳴る。宮本の声は酒が入っているのか、いつも明るく楽しそうである。

「俺、今、三人のナースとつきあっていて、婦長に睨まれてるねん」

「研修医の分際で、ええ加減にせんと、クビになるよ」

「三人とも魅力的やから、しゃあないわ」

「それ、のろけてるん？」

「まあ、そうやな、ハハハ」

「……」

「今はなぁ、彼女が来るのを待っていて、風呂を沸かしてるねん」

「そんなこと知らへんよ？　お風呂でもお茶でも、勝手に沸かしたらええでしょ？」

受話器の向こうで、ドアのベルの鳴る音が聞こえた。

「あっ、彼女が来たわ。ほんなら、またね」

「全くもう、間を持たせるだけのためなら、結構やわ」

綾は怒りを通り越して半ば呆れていたが、やんちゃな弟を遠くから眺めているような気分で、宮本が決定的な失態を犯すことがないよう祈るしか術がなかった。


綾に宮本から結婚したことを知らせる葉書が届いたのは、それから数年後のことである。タキシード姿の宮本の隣には、モデルのように美しいウエディングドレス姿の艶やかな女性が座り、ひとりの赤子を抱いていた。

「要するに、デキ婚ということかな？」

写真を眺めながら、綾はつぶやいた。

「これでやっと宮本くんも落ち着いたんかな？」

宮本の妻になった女性に対する嫉妬を感じることもなく、綾は安堵の気持ちの方が強かった。

しかし、宮本の結婚生活は長くは続かなかった。

夫婦の間になにがあったか、詳しいことは綾には知らされていない。ただ、宮本が離婚して長女を引き取るとは聞いていた。

宮本の実家の両親は健在ではあったが、男手ひとつで幼い娘を育てる苦労は想像にかたくない。だが、宮本はまるで人が変わったように、娘の養育に没頭するようになった。

当時は、綾が宮本に電話をしても「娘に絵本を読んでやるから」などと言って、早々に電話を切るのが常だった。

「人間、変われば変わるものやな」

綾は宮本のこれまでの生き方を思い出し、宮本が様々な人生経験を積みながら、年齢相応に着実に成長していることに思い当たった。

翻って綾はどうか？　医師としての仕事もこなし、それなりに経験も積んできたが、果たして成長したといえるのだろうか？

「年齢相応に成熟していない」

これは、その後も現在に至るまでずっと、綾につきまとう悩みであった。

宮本が子育てに没頭している間、綾は彼に連絡をするのを控えていた。電話をしても、当時の宮本は娘のことが最優先で、他のことには関心がないように映っていた。

その宮本の方から連絡があったのは数年後であり、子育てが一段落したようであった。

綾は四十代半ばになっていたが相変わらずひとり身で、精神科病院の勤務医を続けていた。恋愛における才能の欠如も、依然として改善されていなかった。

綾も恋愛をしないわけではなかったが、いつも長続きしなかった。恋愛には独占欲とそれに伴う嫉妬がつきまとうのが常であるが、それらに対峙することは、綾をひどく疲弊させた。人を愛することは喜びではなく、消耗に過ぎないと気づいた時、綾は改めて自身の恋愛に対する才能の限界を実感せずにはいられなかった。

そして、傷つき疲れて恋を投げ出すたびに、綾は宮本との陽だまりのような友情を懐かしく思う。宮本から電話がかかってきたのは、丁度そんな時である。

「西さん、一緒に開業せえへん？」

宮本はいつもの続きのように自然に言った。

「俺の近所に、新しく医療モールができるから、良かったらそこで一緒に」

綾はとっさに返事ができなかったが、

「宮本くんと私の人生が交わるとしたら、これが正にラストチャンスではないか？」

瞬時のうちに考えた。

学生時代の再試のこと、京都に入局試験を一緒に受けに行ったことが思い出された。これは正に『三度目の正直』ではないかと、綾は考えた。

学生時代はふたりの間にはなにも起こらず、結果的に別々の人生を歩むことになったが、もし、一緒に開業すれば宮本の傍で生活できる。だからと言ってふたりが男女の仲になるとは限らないが、物理的な距離が縮まることで、ふたりの関係に新たな進展が生まれるかもしれない。

そして、なにより宮本となら、今の友情の延長線上の、独占欲や嫉妬と無縁な穏やかな男と女のパートナーシップが築けるのではないかとも綾は考えた。

もっとも、湿っぽく考えているのは綾の方だけで、宮本にしたら単純にビジネスのパートナーとして綾を見ているだけかもしれなかった。

「しばらく考えさせて」

綾はそう言って、電話を切った。

しかし綾はこれまで開業することなど考えたこともなかった。先ず経済的な問題があったが、それ以上に、ものぐさな綾が性格的に向いているとは思えなかった。勤務先の病院で、事務から「レセプト（※9）のための病名を書いて下さい」と言われるだけで面倒に感じる綾が、クリニックの経営などとてもできるとは思えない。

その上、丁度、精神科の専門医を取得せねばならない時期に来ていた。開業しても専門医は取れるであろうが、今の勤務先で取っておくのが無難だと思われる。

宮本からは、その後も何度か綾の意思を確認するためのメールが来た。綾はその都度返信に困り、毎回お茶を濁すような歯切れの悪い内容のメールしか書けなかった。

開業には全く自信はない。だが、宮本の申し出を断ると、今度こそ本当にふたりの人生が交わることはなくなるような気がした。それを考えると身を切られるように辛かったが、綾は苦渋の決断をした。

綾は宮本に電話をかけた。

「専門医を取らなあかんし、多分、開業には向いてへんと思うから、無理やわ……」

綾は力のない声であったが、しかし端的に自分の気持ちを伝える。

「判ったわ」

宮本は短く返答する。

「西さんには、西さんの都合があるしな」

「せっかく、声をかけてくれたのにごめんね」

「いや、ええよ」

綾の頭の中で、対局を終えた棋士同士が一礼して反対方向に別れるシーンが繰り返し流れていた。

「開業したら、色々と大変やと思うけど、頑張ってね」

「ありがとう、頑張るわ。ほんなら、またね」

そう言って、電話は切れた。

また、宮本と対局するチャンスはあるのだろうか？　対局をしても、宮本陣に、と金の一枚すらも作れない綾であるが……。

携帯電話を持ったまま、しばらく身動《みじろ》ぎもできなかった綾の脳裏に、ふと中島《なかじま》みゆきの『時代』が流れてきた。綾はネットで動画を探し、『時代』を聴いた。

まわるまわるよ
時代はまわる
喜び悲しみくり返し
今日は別れた恋人たちも
生まれ変わって　めぐりあうよ～♪

宮本との〝三度のチャンス〟を三度ともニアミス止まりにしたことを考えると、綾は彼との縁の儚さを思い知らされた気分である。世間では、きっとこういう関係を『縁がない』というのだろう――。そう考えると、やはり、悲しみが湧いてくる。

しかし『時代』の歌詞ではないが、宮本とはまためぐりあえる、ふたりの関係の本質――友情――に変わりはない、そして、恋愛には終わりがあっても、恐らく友情には終わりはない、そんな確信にも似た想いが綾にはあったこともまた事実である。

いつでも宮本と対局することができるように、心の中の駒も盤も磨いておこうと、その夜、綾は考えながら、繰り返し『時代』を聴いていた。

時代遅れの恋人たち ～これも一局の人生～

綾は宮本からの朝駆けの電話があって二週間後、インフルエンザに感染し床に就いていた。

仕事と母の介護で疲れが蓄積し、免疫力が落ちたのだろうと考えていた。しかし四十度近い高熱で、食欲も全くなくし、二日間ただひたすら眠っていた。スポーツドリンクで水分補給をするのがやっとの状態であった。

それでも処方されたタミフルが効いて、熱発から三日目には解熱した。その日も綾は寝床で暮らし、食欲も戻り買い置きのシュークリームをふたつ食べたが、二日間の飢餓のせいもあり心底美味しいと感じることができた。趣味の詰将棋も解いてみたところ、頭の回転も悪くなかったが、長時間取り組むようなエネルギーはさすがになかった。

すると、綾は唐突に「暇だ」と感じた。

そして、二週間前に宮本が「暇だから」と言って、早朝に電話をしてきた気持ちが判るような気がした。

その日の夕刻、綾は宮本宛にメールを打った。

前略
先日は電話をありがとう。
あれから、インフルエンザに感染し、今日解熱しました。

宮本くんではないですが、大変暇です笑
お時間が許せば、今夜電話をしても良いでしょうか？

西　綾

追伸
貴方が筆無精だということは、よくよく承知していますので、このメールへの返信は、アテにせず待っています笑

実際、宮本は昔から筆無精であり、綾が結婚祝いを送った時は妻から、開業祝いを送った時は母親からそれぞれ礼状を受け取っている。

宮本は年賀状も二年前に出すのを止めたと言っていた。それでも、綾は宮本に今年も年賀状を出したが、宮本からの返事はなかった。そんな人間が簡単にメールの返信をしてくるとも思わなかった。実際、宮本のメールアドレス自体も綾は失念しており、SMSでメールを打った。

しかし綾の想像に反して、メールを打って十分も経たない内に宮本から電話があった。

普段なら、宮本がクリニックの仕事を終えるのは午後九時頃なので、綾は今回もまた少し怪訝に思いながらスマホに応答した。

「もしもし、西さん？　俺、宮本です。インフルエンザに感染したん？　実は、俺も罹《かか》って、今日からクリニックも休みにしてるねん」

宮本の声はいつもと変わらず優しかった。そして、インフルエンザに感染したという割には、張りのある声である。

それにしても、この偶然をユングなら共時性（※10）と呼んだであろうか？　コロナウイルスの流行で、インフルエンザの感染自体が極めて少なくなっている時代である。それにもかかわらず、離れた土地でそれぞれに感染した者同士が、こうして話をしているとは。

「今日は、私が暇やから、電話させてもらおうと思ったんよ」

「ええよ、俺も、どうせ仕事も休んでいて、暇やからな」

「この間、狩りは終わったと言うてたよね？」

「ああ、もうシーズンが終わったからな。また、冬になったら、たつのに行くわ」

宮本は猟友会では一番年下なので、撃った獲物をさばく係をしているとも以前に言っていた。

近況報告は二週間前の電話でしているので、綾は思い切って宮本のプライベートを訊いてみた。

「お子さんは、お元気なん？」

「ああ、上の子は頑張ったからな。下の子は十二歳かな？」

宮本が男手ひとつで育てた娘は、去年三浪の末、私立医大に合格していた。ひとりで下宿し医大に通っていると、合格した年に宮本が言っていた。

〝下の子〟というのは、宮本が現在のパートナーとの間にもうけた子どもである。これも以前、宮本には籍の入っていない妻と子どもがいることを知らされていた。相手の女性が籍を入れることを望まないとも言っていた。

そして「西さんも、こんなパートナーを見つけなあかんよ」と諭すように言われたことも覚えている——。

ふと綾は宮本の「下の子は十二歳」という言葉を聞いて、時の流れに思いを馳せた。綾が宮本から開業の誘いを受けたのは、十三年前である。宮本はその後開業し、現在のパートナーとめぐりあい、新たな人生のステージを歩んでいる。それにひきかえ、綾の人生はこの十三年間、ほとんど何も変化は起きていない。そう考えるとやはり、宮本から置き去りにされたような寂しい気持ちになる。

「宮本くんと一緒に開業したかったな……」

綾の心の中の声が、我が耳に聞こえてきそうである。

「今更ながら、未練がましいかな」

綾はそう考えるとかすかに苦笑し、感傷を払いのけるように宮本に訊いた。

「相手の方、相変わらず籍は入れたがらへんの？」

「ああ、そうみたいやな」

「身の回りの世話はしてくれはるん？」

「してくれるけど、俺はクリニックで寝泊まりすることが多いからなぁ。クリニックでの食事も俺が全部作ってるしな」

これ以上は聞くまい。今となっては相手の女性に嫉妬することもなかったが、やはり宮本の人生に深く関わっている女性がいるとの現実は、できたら知らない方が良い。

「今、うどん食っているけど、うどんとぜんざい旨いなぁ」

宮本が楽しそうに言う。

「ぜんざいもエリスリトール入りの手作りなん？」

エリスリトールは宮本がチーズケーキを焼く時に砂糖の代わりに使う、カロリーゼロの甘味料である。

「いや、さすがに今日は、ゆであずきの缶詰で簡単に作ったで」

「判るわ。風邪を引いた時は、炭水化物渇望状態になるみたいやね。私もさっきシュークリームを食べたけど、美味しかったわ」

「ほんまに、たまには砂糖の甘さもええなぁ」

普段は糖質制限をしている宮本も、インフルエンザに罹ると自然の欲求には逆らえないようだ。

「身体は健康なん？」

「この間、医師会の人間ドックに入ったけど、どないやろうな？」

「もうお互い歳やから、身体には気をつけんとね？」

「そうやな」

「今日は電話をありがとう。お互い、早く元気にならんとね」

「そうやなぁ。西さんも早く治さなあかんで。ほんなら、またね」

宮本は電話の切れ際に「ほんなら、またね」と言うことが多い。二週間前も今日の電話でもそうだった。綾は宮本のこの言葉が好きである。

この別れの言葉は、恋愛の終わりに相手の男たちから発せられる「さようなら」などの言葉と異なり、綾を傷つけることはない。
それどころか「また話をしよう」という未来への志向性を感じさせる宮本らしい温かな言葉である。

しかし、医大を卒業してから早くも三十年近くが経とうとしているのに、宮本との会話は学生時代のままである。とても、還暦に近い初老の男女の会話とは思えないなと綾は、おかしく感じる一方、宮本とはいつでも一緒に青春時代に戻ることのできる同士のような関係だとも思った。
綾は宮本との電話を終えると、いつものように中村雅俊の『時代遅れの恋人たち』を聴きたくなった。ｉＰａｄを操作して、動画で曲を聴いた。

恋人よ愛なんて言葉は捨てろよ～♪

厳密には綾と宮本は恋人同士ではないが、『時代遅れ』と言われれば正にピッタリのような気がする。男と女が簡単に寝てしまうのが今の時代の風潮だとしたら、三十五年間も一線を越えない関係を保ち続けてきたのは、時代遅れかもしれない。

だが、こうしてつかず離れずの距離感で、宮本とはつきあっていくのだろうなと綾は思った。このつかず離れずの友人関係こそが、恐らくふたりにとっては、自然体でいられるベストな〝愛の形〟なのだろう。

この愛は激しく燃え上がるような性質のものではないが、心の中で光り続ける燈火《ともしび》のようなものである。この燈火は綾の人生を照らす道標でもあり、また凍えた時には、その身体を温めてくれる焚火《たきび》の如きものでもある。

この燈火とめぐりあえた幸福に感謝しよう、そして、この一筋の火をこれからも見失わないように生きていこう——それは、将棋で細い攻めを紡ぐことに似ているかもしれない——綾は宮本との三十五年の歴史を振り返り、改めてそう思った。

綾は、宮本と話して元気が出たので今日も寝床の上に座り、カーディガンを羽織った。そして『時代遅れの恋人たち』を聴きながら、スマホの将棋のアプリを起動させ対局を始めた。

今日の対局の相手は、四間飛車（※11）に振ってきた。対局の終盤、綾は相手の美濃囲い（※12）を崩すために、盤の中央の５五に角を打った。

運良く相手が1一の香車取りと勘違いして、香車が1三に逃げた。すかさず綾は7四に桂馬を打って、8二にいる相手玉に王手をかけた。相手は7三の歩で桂馬を取りたいところだが、そうすると5五に打った角が王手となって利いてくるため、この桂馬は取れない。

相手玉は7一へ逃げた。綾は持ち駒の金を8二に打って、相手玉を詰ませると、二週間前の朝と同じように「よし！」と笑顔でつぶやいた。

今日はうまくいったが、実際は、この戦法は相手に読まれることが多い。例えば、もし、6四に銀でも打たれて角道を止められてしまうと、5五に打った角自体が相手に取られることもあり、綾の目論見は成立しなくなる。

それはそれで、一局の将棋ではあるが。

綾は対局の終わった将棋のアプリを見つめながら、再び宮本との関係を思い起こした。宮本との関係においても〝もし〟はたくさんあるように思える。例えば、あの再試の手助けをした夜に〝もし〟綾が宮本の言葉どおり、布団を敷いて寝ていたら……？

だが、綾は口元に軽い笑みを浮かべながら静かに首を振った。

これで良かったのだ。

男女の一線こそ越えることはなかったが、二人が積み上げてきたものは、静かだが確かな温かなつながりとなって、綾と宮本の間に存在している。

そうなのだ、宮本との間に紡ぎ出してきた関係性は、将棋ではないが『これも一局の人生』であると綾は思った。

宮本輝明は終生の友人になるかもしれない存在である。

綾は、二週間前の朝と同じように宮本との関係に納得すると、再び将棋のアプリを起動させ対局を始めた。

静かな春の宵であった。

【後注】

※1　たつの市・宍粟市…兵庫県の街。猟場がある。

※2　居飛車…基本的に飛車を定位置の二筋に置いて指す戦法だが、飛車を一〜四筋に振るのも居飛車に分類される。居飛車に対して、飛車を五〜九筋に振る戦法を振り飛車という。

※3　矢倉棒銀（図を参照）…棒銀は、居飛車の戦法のひとつ。飛車の頭を歩と銀で棒のように進める戦法。

※4　矢倉囲い…将棋の囲いのひとつ。玉を左に寄せ、金銀3枚で囲う。その格調の高さから「将棋の純文学」とも呼ばれる。

※5　六甲おろし…阪神タイガースの球団歌の通称。

※6　認知療法…認知（物事の考え方や受け止め方）に働きかけることにより、精神疾患を治療することを目的とした精神療法。

※7　精神病理学…精神およびその周辺を病む

矢倉棒銀。

人々の心性を理解しようとする学問のひとつ。

※8 チェンジオブエアー…転地療養。

※9 レセプト…診療報酬請求書。病院・医院が保険者に請求する。

※10 共時性…ユングが提唱した概念。偶然の一致を意味する言葉。

※11 四間飛車…振り飛車の戦法のひとつ。飛車を左から数えて、四つめの筋に振る。

※12 美濃囲い…将棋の囲いのひとつ。主に振り飛車で用いられる。玉を右に寄せ、金銀三枚で囲う。四間飛車と美濃囲いは図も参照。

△

		歩	歩					歩
歩	歩	角		歩	歩	歩	歩	
		銀	飛	金		銀	王	
香	桂				金		桂	香

▲

四間飛車と美濃囲い。

時の過ぎゆくままに

病んでいる叔母

綾の母には三人の姉妹がいた。

綾が物心ついた頃、長女の伯母正江《まさえ》は喫茶店を営んでいた。次女の広江《ひろえ》が綾の母親であり、専業主婦であった。三女の叔母勝江《かつえ》も専業主婦をしていたが、後に離婚して京都でクラブを営むことになる。そして、末っ子の叔母倫江《ともえ》と綾は、丁度二十歳違いであった。

しかし、年齢の差を越えて、綾と倫江は女同士の親友のようにつきあうことになる。

四人姉妹は仲が良かったが、これは早くに両親を亡くしたことが影響している。特に、母親は病気で早逝《そうせい》しており、倫江には母親の記憶はない。綾の母の広江は母親の看病をした記憶があると言っている。

父親は倫江が高校生の時にやはり病のために亡くなっていて、実家の岡田の家はもう大阪にはない。

四人姉妹は肩を寄せあうように仲良く生きてきた。

だが、倫江には若い頃から心の病の暗い影がつきまとっていた。

倫江との最初の思い出は、綾が三歳の頃に遡る。

三歳の時、綾は麻疹に感染し高熱を出した上、合併症の中耳炎も発症した。ひとつ違いの弟の誠《まこと》も相次いで感染したため、まだ若かった母は看病の手が足りなかった。

その時、母は妹の倫江に助けを求めた。

綾が麻疹に感染した時の記憶は、幼かったせいか苦しさなどはなく、ただ、鼓膜が破れた時に耳から茶色の浸出液が流れ出て枕カバーを汚したことを覚えているだけである。鼓膜が破れたというのも後年母から聞かされて知ったのであり、当時の綾には我が身になにが起きたのか知る由もない。

しかし、倫江に背負われて近所の耳鼻科を受診したことは、うっすらとした記憶がある。倫江は一七〇センチ近い長身であったこともあり、その背中は温かく頼もしかった。倫江が叔母に当たる存在だとの認識も、当時の綾には多分なかったと思う。ちょうど二十歳年上の倫江は、幼い綾にとって、優しい姉のような存在であったのだろう。

だが、当時の倫江は長姉正江の家に居候して、臥床《がしょう》がちの生活を送っていた。正江は女手ひとつで小さな喫茶店を営んでいたが、倫江はその二階で寝て過ごしていた。

綾や誠が広江に連れられて正江の家に遊びに行くと、倫江の姿が店にないことを知って、毎回のように「倫ちゃん叔母ちゃんは、また寝てるん？」と訊いたものだ。

そして、倫江の寝ている二階に上がろうとすると、正江に強い口調で「止めとき」と叱責された。

「二階には、見たらあかんものがあるらしい……」

綾は幼心に倫江が病んでいることを感じていた。


綾が小学生の頃であった。

倫江は調子が良くなると、伯母の正江の喫茶店の手伝いをしていたが、しばしば、綾の家にも遊びに来るようになった。

長身でボーイッシュな雰囲気の倫江は、髪は短く、普段は化粧をしていなかった。服装もメンズライクなものを好み、いつもパンツスタイルであったが、それが倫江の長い脚に映えていた。また、明瞭かつ的確に話す姿は、頭の回転の速さと知性を感じさせる。実際、四人姉妹の中で一番聡明であったと、他の姉妹が口を揃《そろ》えて言う。

今で言えば、倫江は女優のりょうの若い頃に似ている。

綾と一緒に図書館に行っては、好きな本を借りてきて倫江は読み耽《ふけ》っていた。

倫江はどこで覚えたのかタバコを喫《す》う。幼い頃の綾の記憶では、タバコを吹かしながら読書をしている倫江の姿が目に焼きついている。

倫江の読書のジャンルは洋の東西を問わず、また小説のみならずノンフィクションも好み、乱読型の読書人であった。

ある時、倫江が綾の家に、立原正秋《たちはらまさあき》の『薪能』（※1）の文庫本を忘れて帰ったことがある。綾は倫江に近づきたくてその本を読んでみたが、小学生の綾には『薪能』に描かれた世界は難しすぎた。次に遊びに来た時に、綾は倫江に『薪能』の世界観について訊いてみた。

倫江は綾を子ども扱いせずにその目を真っすぐに見て、隠喩で一言答えた。

「散るからこそ、花は美しいんやよ」

綾は丁度その時、飼っていた桜文鳥を亡くしたばかりでもあり、倫江の言葉が心に沁みた。

滅びるものであればこそ、それは美しく、また愛おしい――。

綾は更に自らの生命が有限であることについても実感することになった。

このように、倫江は綾にとり、大人の世界への水先案内人であった。

また、倫江は若い頃の母広江のエピソードを話してくれた。

「私が中学生の頃、広ちゃんが登校前に髪を結ってくれてたんやけど、ある日、機嫌が悪くて物差しで腕を叩かれたことがあるんよ」

この姉妹たちは、名前でしかもちゃんづけで呼びあうのが習慣《ならわし》になっている。

「広ちゃん、ほんまは怖いんやから」

倫江は笑って言った。

「それは覚えてへんけど、多分、倫ちゃんの態度でも悪かったんやろうね」

広江もやはり、笑って答えた。

その日、倫江が帰ると、広江はポツリと言った。

「私は倫ちゃんの母親代わりやったけど、倫ちゃんを置いて結婚して家を出たことで、寂しい思いをさせたやろうね」

狂愛の相手

綾が中学三年生の春だった。

いつものように、倫江が綾の家に遊びに来た。その時の倫江は機嫌が良かった。

「これからクリニックに薬を取りに行くから、綾ちゃんも一緒に行かへん？」

倫江に誘われるまま、綾はついて行った。

倫江の通院している秋山《あきやま》クリニックは、瀟洒《しょうしゃ》なビルの三階にあり小綺麗な待合室が印象的である。その日、倫江は処方を受けるだけなので、時間はかからなかった。

クリニックを後にすると、倫江の提案でふたりは近くの喫茶店に入った。クラシック音楽が流れる静かな店内の椅子に腰を下ろすと、綾は倫江に訊いた。

「主治医の秋山先生はどんな方？」

「ハンサムなジェントルマンやよ」

倫江はいつものようにタバコに火を点けながら笑って言った。

「普段は、どんな話をしてるん？」

「色々な話をするけど、核心部分は先生には伝えてへんのよ」

「なんで？　それが一番大切なことやないん？」

「言われへんことは誰にでもあるもんやよ」

間髪を入れず倫江が答える。

綾には倫江の言葉の意味が少し判るような気がした。綾にしても、自分の気持ちや考えをすべて母親や父親に伝えているわけではない。しかし、主治医に対して核心部分を伝えないのでは、治療にならないのではないかとも綾は考えていた。それにしても、そんなに自分の心に秘めねばならないほど倫江の問題は根深いものなのだろうか……？

綾は注文したオレンジジュースを飲んだが深刻な顔をしていたのだろう、倫江が優しく語りかけてきた。

「綾ちゃん、叔母ちゃんは、こんな風になってしまったけど、綾ちゃんには是非とも経済力をつけて自立して欲しいんよ」

「私も、できたら医者になりたいんよ。お母ちゃんを見ていても、お父ちゃんに浮気ばかりされて幸せとは思われへんし」

「そうやね、経済力があったら、女は泣かんですむからね。綾ちゃんは医者志望なのはなんでなん？」

「子どもの頃からお世話になっている岩田《いわた》先生に感謝しているからかなぁ。誠もとても世話になっているしね」

綾の弟の誠は幼い頃、気管支喘息の発作をたびたび起こしたが、岩田医師は「夜中でもたたき起こしてくれて構わない」と母に言い、実際、夜中に誠が治療を受けることもしばしばであった。岩田医師に弟の命を何度も救ってもらったとの思いは綾にも強かった。

「そうなんやね、綾ちゃんは数学も得意そうやし、頑張って欲しいわ」

「叔母ちゃんは仕事をするなら、なにがしたかったん？」

「文学部やったし、編集者の仕事なんか、してみたかったなぁ」

倫江はまるで過去を覗きこむような遠い目をする。

「叔母ちゃん、今でも本ばかり読んでるもんね」

「本を読むのは、単なる時間つぶしやけどね」

少し自虐的に倫江は答える。

その日、倫江に言われた「女も経済力を持って自立すること」との言葉は、綾の心から消えることはなかった。綾の人生にとって、大きな影響を与えた言葉だったといえる。

この点で、綾は倫江への感謝を忘れることはなかった。

それから二ヵ月ほど経った。

倫江は被愛妄想（※2）が出現して、それに突き動かされ、妄想の対象である男の家の近所まで行ったらしい。明らかに挙動がおかしかったらしく、付近をパトロール中の警官の職務質問を受けた。それに対しても妄想じみた返答をしたため、警察に身柄を保護された。

母の広江と叔母の勝江が連絡を受けて、倫江を迎えに行った。倫江をかかりつけの秋山クリニックに受診させると、すぐに精神科病院へ入院となった。

その時に、母と勝江から倫江の狂愛について聞かされた。

倫江が京都の大学を中退した後、当地のクラブでホステスのアルバイトをしていたことがある。その時、店で知りあったのが、作家の桐生敬《きりゅうたかし》である。倫江と桐生は男女の関係になったらしいが、詳しいことは当人同士にしか判らない。倫江は本気で桐生を愛したが、桐生には家庭があり火遊びのつもりだったらしい。間もなく、二人には別れが訪れた。

ありふれた不倫の恋の話である。

しかし、それから十年以上が経つのに倫江は桐生を忘れることができず、その愛は狂愛の形を取って倫江を縛り続けている。

「叔母ちゃんが主治医に話せないことって、その桐生という作家のことやったんか」

綾の疑問が解けた。

今日、倫江が向かったのも、その桐生の家であった。

しかし、その男への想いが断ち切れず心を病むほど悩んでいるのなら、主治医に話せば少しは気持ちが楽になるであろうに、倫江はなぜそうしないのか、やはり、綾には理解できない。ただ、二ヵ月前に倫江が「言われへんことは誰にでもあるもんやよ」と言った言葉だけが、脳裏で繰り返された。心を許している人間に対しても、打ち明けられないことがある——。

このことも、倫江から得た教訓として、後年も綾の人生に残り続けることになった。


三ヵ月後、倫江は精神科病院を退院した。

そして、いつもと変わらぬ様子で綾の家に遊びに来た。

「この度は、お勤めご苦労さまでした」

綾は茶化して言った。

「なんのなんの、簡単なお勤めでございましたよ」

倫江も軽口で答えた。

「もう大丈夫なん?」

綾は少し心配になり訊いた。

「綾ちゃん、ありがとう、もう大丈夫やよ。入院する時は、錯乱状態（※3）やけど、入院したらすぐに正気に返るんよ」

倫江は冷静に自分のことが内省できていると感じると、綾は安堵した。

「入院先の主治医は、どないやったん?」

「若いボンボンの先生やよ、『あなたは詭弁《きべん》を弄する』『人の話を聴かない』などと言われたんよ」

頭の良い倫江からしたら、自分より若い医師に対して赤子の手をひねるような対応をしたことだろうと綾は想像した。

「やはり、核心部分は伝えへんかったん?」

「当たり前やよ、あんなボンボンになにも判らへんわよ」

倫江は笑い飛ばすように言った。

やはり、入院しても、倫江の根本的な治療にはならないと綾は改めて思った。

「入院中は、治療のほかはどんなことをしてたん?」

「ジュリーばかり聴いとったかな？」

ジュリーとは、沢田研二《さわだけんじ》のことである。倫江はザ・タイガースの時代から沢田研二のファンである。いつも「ジュリーはセクシー」と言って、歌番組なども楽しみに観ている。

「ところで、綾ちゃん、私は京都の勝っちゃんの家に住むことにしたんよ」

叔母の勝江は京都でクラブのママをしており、充分な経済力がある。

「正江伯母ちゃんとなにかあったん？」

「そういうわけではないんやけど、気分転換に棲家を変えようと思うんよ」

「そうなんやね、でも女同士の姉妹って羨ましいな。私には誠しかいてへんから、なにかあっても面倒を見てくれるかどうか、判ったもんやないわ」

「せやから、前にも言ったやん？　綾ちゃんはきちんと自立して、自分で自分の面倒を見なあかんよ。そのためにも受験勉強、頑張ってね」

倫江は長年住み慣れた大阪を離れて京都に移った。

京都に移って間もなく、倫江は黄斑変性症（※4）という目の難病に冒されていることが判った。倫江は大学病院でレーザー光線の治療を受けたが、完治することのない病である。日常生活に不自由はないが「もう本は読めない」と倫江は言っていた。心に大きな傷を抱えている倫江の唯一の楽しみまで奪ってしまうとは、神も酷なことをするものだ。

また、勝江がタバコを嫌うため、倫江は「禁煙する」とも言っていたが、そんな禁欲的な生活で大丈夫だろうかとも綾は思った。

狂った手紙

綾が神戸の大学二年生の時のやはり春であった。

倫江が京都からふらりと綾の家に遊びに来たが、普段化粧をしないのに濃いチークと真紅の口紅をつけていて、それが奇異な印象に映り明らかに顔つきがおかしかった。身につけた胸の空きの深い花柄のワンピースも倫江らしい姿ではなく、それは化粧ともども倫江の女性性を否応なしに強調している。

「普段の叔母ちゃんではない」

綾はひと目で倫江の異状を察していた。

倫江は綾の顔を見ると、あいさつもそこそこに言った。

「綾ちゃん、ちょっと頼みたいことがあるんやけど？」

「私にできることなら、何でもいたしましてよ」

綾は倫江の緊張をほぐすように冗談めかして言った。

二階の綾の部屋に倫江を通して、テーブルを挟んで向かいあった。

母の広江が綾の部屋に紅茶とケーキを運んで来た。

「せっかく来てくれたんやから、倫ちゃん、ゆっくりして行ってね」

「広ちゃん、ありがとう。綾ちゃんに内緒の話があるんよ」

「倫ちゃん、いつもとイメージが違うけど、女らしくてとてもきれいやよ」

広江が倫江の姿を見て目を細める。

「叔母ちゃん、情熱的な色の口紅やね」

綾も言った。

「この真紅の口紅の色ね、好きなんよ」

倫江は笑って答えたが、その鋭い眼光に、やはりいつもの倫江の雰囲気ではないと綾は感じた。

広江が階下に下りると、倫江はテーブルの上に、手に持っていた一冊の文庫本を静かに置いた。表紙には『流血の地獄』と書いてあった。タイトルからして、ハードボイルドらしかった。

そして、倫江は切迫した口調で言った。

「この著者の人、桐生敬さんに、英語で手紙を書いて欲しいんやけど？」

……桐生敬⁉　やはり、この人のことをまた倫江は思いつめているのかと考えると、綾はやるせなかった。

だが、倫江の気持ちを無視することはできない。

「英語の手紙って、どんなことを書いたらええの？」

「簡単な一文でええのよ。電話を下さいってね？」

「電話を下さいだけでええの？　それだけで、その桐生さんとやらに通じるん？」

「判ると思うわ、私のことは忘れているはずがないねんから」

倫江は、またしても妄想じみた確信を抱いていると綾は感じた。

「書いてもええけど、その手紙は、どないするん？」

「編集部気付で送るから」

客観的に見れば、倫江の考えは幼稚な企てである。しかし、妄想に支配されて倫江がそのことを理解できない以上、綾は片棒を担ぐしかないと感じた。

「普段の知性に勝る冷静な叔母ちゃんなら、こんなことは考えないやろうに……」

綾は暗然とした気持ちになりながらも、倫江の意図を確認した。

「ほんまに、電話を下さいだけでええんやね?」

「そうやよ、それを英語で書いて欲しいんよ。それと電話番号と」

綾は机の引き出しから便箋を取り出すと、一枚ちぎった。

そして黒のボールペンで、

「Please call me. Tomoe Okada」

と書き、更に倫江の家の電話番号を大きく記して倫江に差し出した。

倫江は黄斑変性症のために目が悪いので、よく見えなかったかもしれないが、言った。

「綾ちゃん、ありがとう。ついでに、編集部に送れるようにしといてくれる?」

「判りました。編集部気付にしたらええんやね」

綾は今度は封筒を取り出すと、その本の編集部の宛先と編集部気付桐生敬様と記した。

そして手紙に封をして、再び倫江に差し出した。

「これでええのかな?」

「ありがとう、綾ちゃん、助かったわ。後で投函《とうかん》しとってくれる？」

「了解。ところで、この桐生さんとは、どんな知り合いなん？　私も名前は知っているけど、有名な作家やね？」

綾はとぼけて訊く。

「昔ね、ちょっとええ男やったんよ」

倫江は笑って答えたが、表情はやはり硬い上に、桐生について多くを語りたがらない。

「桐生さんから電話があるとええわね」

綾は倫江の気持ちを引き立てるように言った。

しかし、内心では、倫江の被愛妄想が再び燃え上がっているに違いないと考えていた。

「間違いなく電話はかかってくるから、心配せんといて」

倫江がそう答えたことが、綾の考えを確信に高めた。

「ほんなら、今日はこれで帰るから」

倫江はそそくさと立ち上がり、階段を下りて行った。

倫江の様子が明らかにおかしいので、綾は心配だった。せめて、最寄りの駅までは送った方が良いだろうと考えた。

「ちょっと待って、誠に送らせるから」

弟に声をかけた。

「誠、倫江叔母ちゃんを駅まで頼むわ」

誠は綾の頼みを引き受けると、倫江を駅まで車で送り届けた。


綾は倫江が帰路につくと、京都の勝江に電話をかけた。

「もしもし、勝江叔母ちゃん、綾です」

今日の一連の出来事を勝江に手短に話した。

勝江も綾の話に異状を感じ取ったようである。

「最近、倫ちゃん、また色が出て(※5)、調子が悪いんよ。綾ちゃんのところで、桐生に手紙を書いてくれとまで言うとは思わへんかったけど」

やはり、家でも様子がおかしかったのかと綾は了解し、勝江に言った。

「倫江叔母ちゃんの調子が悪いんやったら、しかるべき治療を受けさせてあげてね」

「そうするつもりやから。綾ちゃん、ありがとうね」

翌日、勝江から電話があり、倫江を精神科病院に入院させたと綾は知らされた。

その時、綾の脳裏に、倫江のつけていた鮮やかな真紅の口紅の色が蘇《よみがえ》った。

狂愛のぬくもり

綾は神戸の大学に通いながら、医学部を目指しての再受験生であったため、受験勉強にもアルバイトにも忙しかった。だが、夏休みにふと、京都の倫江に会いに行こうと思い立った。

倫江の調子は相変わらず波があったが、綾が大学二年生の時に入院して以降は、外来通院だけで保てている状態と勝江から聞いている。

叔母たちの住まいは、グレーのシックな外壁の色が京都の落ち着いた景観に溶けこむようなマンションの三階にある。

「お久しぶりです」

「綾ちゃん、元気にしとった？　広ちゃんも変わらへん？」

倫江が玄関で綾を出迎える。倫江の化粧っ気のない笑顔に奇異な印象はなく、落ち着いているなと綾は感じた。

「お陰様で、なんとかやっています」

綾も笑って答えた。

玄関を上がり奥の部屋へ行くと、勝江が出かける支度をしているところであった。

「綾ちゃん、久しぶり。受験勉強は捗《はかど》ってるん？　天神さんにお参りに行くとええよ」

「そうやね、綾ちゃん、疲れてへんかったら、今から天神さんへ行かへん？」

倫江も言った。


綾と倫江はバスに乗り、北野天満宮へ向かった。

綾は本殿に参拝し、合格を祈願して絵馬を奉納した。季節外れなので人出は少なかったが、綾と同じく受験成功の祈願に来たらしい生徒が、やはり絵馬を奉納していた。

人気の少ない静かな境内を並んで歩きながら、綾は倫江に話しかけた。ひんやりとした晩夏の夕暮れの風は、肌に心地よかった。木々の葉の揺れる音も、涼やかである。

「叔母ちゃん、桐生さんのこと訊いてもええかな？」

「綾ちゃんは知ってるんやね？　手紙のことも頼んだし」

「桐生さんから電話はあったん？」

「あるわけないやん」

倫江は笑って答えた。

「あの時の私はおかしかったんよ」

倫江は冷静な時は、的確に内省ができるのは以前と変わらない。

「せやけど、今でも桐生さんのことは、忘れられへんわ。特に、あの人の手のぬくもりやね」

そう言って、倫江は綾と手をつないだ。

「こうして、手をつないで、桐生さんと京都の街を歩いたんよ。その時のあの人の手のぬくもりに、すべてが許せるような気がしたんよ」

そう言う倫江の手も温かかった。

綾は倫江の手のぬくもりを感じながら、しんみりとその告白を聴いていたが、逆に訊き返した。

「すべてを許せるって、例えばどんなこと?」

「それまでの人生を肯定できるということやろうかなぁ? 母親の顔を知らへんことも、大学を一年で中退したことも、すべて許せる気がしたんよ」

「……それは上手く言われへんけど、叔母ちゃんの魂が救済されたというような意味?」

綾はしばらく考えた後、突っこんで訊いた。

「一言で言うたら、そないなるわね」

だが、倫江がその後支払った代償はあまりにも大きいのではないか？　二十歳の倫江の魂は救済されたかもしれないが、その後の人生の懊悩《おうのう》は、差し引きすれば一体どうなるのか？　綾は怖くて訊けなかった。

「身体の関係はあれへんかったんよ」

続けて倫江が言う。

「せやけど、あの手のぬくもりだけは忘れられへんのよ」

倫江は繰り返す。

「これから、どないするん？」

「どないもこないもあらへんわよ」

倫江は苦笑したが、続けて静かにまた言った。

「ただ、あの人の手のぬくもりをずっと覚えているだけやよ」

それならば良いが、倫江は思いつめると、あらぬ妄想が出て突飛な行動にも走ってしまう。その手のぬくもりの思い出だけで留めておいてくれたら、倫江は静かな生活が送れるのだが……。

正江の言葉

綾はその翌年の八五年春に香川の医大に合格した。

電話で倫江に合格したことを伝えると、我がことのように喜んでくれた。

「おめでとう、綾ちゃん。努力が報われて良かったわね。ひとり暮らしは大変やろうけど、頑張ってよ」

「ありがとう。叔母ちゃんも、機会があったら香川に遊びに来てね」

伯母の正江は、同じ大阪市内に住んでいるので、店に訪ねて行って合格の報告をした。

正江も大変喜んでくれた。

「綾ちゃんは子どもの頃から勉強がようできたもんね。倫ちゃんも頭が良かったし、勉学の道を極めてくれたら良かったんやけど」

ホーローのポットから淹れた業務用のコーヒーを綾に勧めながら、正江はカウンターの向こうから朗らかに言った。

四人姉妹の長女という立ち位置のためか、正江は鷹揚《おうよう》な性格である。その上、仕事柄自然とそうなるのかもしれないが、話し方はおおらかで、その言葉には相手を安心させる落ち着いた響きがある。

「倫江叔母ちゃん、なんで一年で大学を中退したん？」

「自分の将来像が描けていなかったからと違うんかな？」

正江が答えた。

「大学を辞めた後、桐生さんに出会ったんやね？」

「そうやね、それで運命が変わってしもたわね」

「去年の夏、天神さんに一緒にお参りに行った時、桐生さんの手のぬくもりに救われたと言うてたけど？」

綾は倫江と北野天満宮に参った時のことを思い出して言った。

「そんなこと、綾ちゃんに話したんやね？　せやけど、それなら伯母ちゃんにかって、思い出はあるんよ」

正江は左目をウインクして微笑しながら言った。

「昔、亡くなった婚約者のことやね？」

「綾ちゃん、よう知ってるわね？」

「お母ちゃんから聞きました」

正江の婚約者は遠縁に当たる男性だったと母の広江から聞かされている。

「その人の手も、なかなか良かったわよ」

懐かしむように笑って、正江が言う。

「男やのに、指がすらっと長くて、色が白くて、まるで棋士のようなきれいな手やったわ」

正江は趣味が将棋であり、自分でも店の客などと指している。

「伯母ちゃん、その人の手に惚れたん？」

「手もきれいやったけど、男前やったからね」

綾は頭の中に『棋界のプリンス』こと棋士の真部《まなべ》一男《かずお》を思い浮かべた。

「伯母ちゃん、その人が亡くなった後も、操立てして、ひとり身を貫いてるん？」

「よくよくお見通しで。やはり、綾ちゃんは賢いわね」

正江はまた笑った。

綾は正江も倫江同様、昔愛した男の面影と共に生きているのかと思うと、血は争えないものだと感じる。

そして、正江は綾に二杯目のコーヒーを勧めながら、それまでの笑顔を真剣な表情に変えて言った。

「綾ちゃんも香川で色々な男に出会うかも知れへんけど、倫ちゃんのような失敗だけはせんとってね」

「判っています」

「もし、別れが来て、その後、想いを貫くにしても、断ち切るにしても、心を病むほど思いつめたらあかんよ」

正江の言葉は、ずしりと綾の心に響いた。

女の業

綾は長年住み慣れた大阪を離れて、香川でひとり暮らしをすることになった。

慣れないひとり暮らしであったが、母が揃えてくれた調理道具で料理をするのは楽しかった。大学へ行けば友人もできて、ひとり暮らしも寂しくはない。勉強をすることも、綾には苦にならなかった。

綾が医大の三年生の時、桐生敬の娘の婚約不履行問題が起きた。桐生の娘はタレントであった。その娘の婚約相手も俳優であったが、実は結婚していたということが明るみに出て、ワイドショーなどでは連日大きく取り上げていた。

桐生敬も当事者の父親として何度かコメントしていたが、その〝父親〟以外の何者でもない姿を見て、倫江はどう感じているだろうと綾は気になっていた。

「どこにでもいる親バカの親父さんという印象しか受けへんなぁ」

綾はテレビを観てそう感じる。


案の定、倫江はテレビに映る桐生の姿に触発されたらしく「桐生に会いに行く」「桐生が待っている」などと言って聞かなくなった。

綾の元へも、夜更けに電話がかかってくるようになった。綾は倫江に現実をぶつけるように、

「桐生さん、ええ父親してはるやないの?」

努めて冷静に言ったが、倫江は全く聞く耳を持たない。

「違うわ、桐生さんは娘のことを出汁に、私に来いと言うてるんよ!」

電話の向こうで、ヒステリックな甲高い声で倫江が叫ぶ。

そしてある夜、倫江はまた真紅の口紅をつけた濃い化粧をして、派手なボディコンのワンピースを身にまとい、京都の街から出ようとしていた。

しかし、いつもの被愛妄想に支配されて桐生のところへ行こうとしていることは、勝江にも判っていた。

勝江は道路の真ん中で、必死に倫江を押し留めようとした。

「行かして！」

「止めとき！」

オレンジ色の街路灯の下、姉妹の大声での押し問答ともみあいが繰り返されているところに、警官が来た。明らかに外見だけからは、化粧っ気もなく髪をふり乱した勝江の方がむしろ病んでいるように見える。興奮した倫江は般若のような形相で「おかしいんはこの人やよ！」と勝江を警官に突き出す。

とっさの判断はつきにくかったであろうが、警官は、しばらくして勝江の言い分を冷静に理解した。倫江は警察署に連行され、精神科病院へ入院となった。

翌日、綾の元へ勝江から、倫江を入院させたと電話があった。

「こっちは、みすぼらしい格好してるし、ひとつ間違えたら、私が入院させられるところやったわ」

電話の向こうで勝江が苦笑しているのが判る。

「入試の前に天神さんに行った時、桐生さんの手のぬくもりに救われたと言うてたけど、どこに救いがあるんやろうね？」

「救いやなんて、倫ちゃんの大いなる錯覚やよ。ほんまに色ばっかり出てしもて、もう、こうなると女の業としか言いようがあれへんわね」

勝江はため息をついた。

広江と勝江の苦悩

ところで、綾が医大生だった八十年代後半は、バブル景気に日本が沸騰した時代である。

勝江の経営する京都のクラブもその例にもれず繁盛し、店で働く若い女性も増えた。

綾の弟の誠は、丁度その頃証券会社の京都支店に勤務しており、しばしば勝江の店を訪れていたが、勝江は気前よく誠にサービスをしていた。

その一方で、大阪の正江の喫茶店は左前だった。勝江は正江に店をたたむように言い、正江の店舗兼住居を改装して二階建ての住まいにした。それ以降、正江の経済面の面倒も勝江が見ることになる。

元来、姉御肌で太っ腹な勝江は他人の面倒を見ることが苦にならない。倫江の面倒を見ることも勝江にとっては同様で、倫江が家事を引き受けて主婦業をしてくれているのは、却って助かると思っている節があった。

また、夜の商売をしている勝江は仕事柄、男女間の情にまつわる機微への理解もあり、倫江の桐生に対する想いもよく判っていた。

更に、倫江は黄斑変性症という難病を患っていたため、障がい者年金の給付も受けていた。倫江も自分で自由にできるお金があることで、勝江に必要以上の引け目を感じることはなく、ふたりは良きパートナーとして生活を共にしていた。

綾が医大の五年生の時、母の広江が綾の香川の下宿にやって来た。

綾の父の嘉男《よしお》は大阪で小さな会社を営んでいたが、やはり、バブルで景気が上々で金回りが良かった。金回りが良くなると女遊びをするのが、嘉男の昔からの悪いクセである。

綾がまだ小学生だった頃、父の愛人という女性が訪ねて来たことがある。女性はホステスをしていた。

綾が小学校から帰宅すると、父は不在で、女同士の対決の場が繰り広げられていた。その女性は広江に「ご主人とはもうお会いしません」と頭を下げた。詳しい経緯は子どもの綾には判らなかったが、父に母以外につきあっている女性がいるという事実を知った瞬間であった。そして、その女性と父との別れに立ち会ったとの想いが子どもの綾にもあった。

「お父ちゃん、また遊んでるん？」

綾は疲れた表情の母に訊いた。

「そうなんよ。このところ、毎日のように外泊して帰って来ないんよ。私は家にひとりでいるのも嫌やし」

弟の誠は去年結婚して家を出ているので、広江は父の嘉男がいないと家にひとりである。

広江は元来忍耐強く少々のことでは弱音を吐かないタイプであるが、ひとり暮らしの経験がないこともあり孤独に耐える力は強くない。嘉男の浮気もさることながら、誠と嘉男のいない家でひとり過ごすのは、広江には耐えがたいのであろうと綾は察した。

「今回の相手の人も、素人さんやないんでしょ?」

「飲み屋のママさんみたいやよ。でも、私と別れて、その人と一緒になりたいなどとも言うてるわ」

母は、目に涙をうっすらと浮かべて言った。

「お父ちゃんのは一時の熱病みたいなものやから。そのうち、ほとぼりが冷めたら、家に帰って来るからね」

綾は母の気を引き立てるように言った。

「そうやとええんやけど」

広江も答えた。

「今までかって帰って来たやない? お母ちゃんという港があるから、お父ちゃんの船はふらふらと海を漂えてるんやよ?」

「……」

「昔、お父ちゃんのつきあっていた女の人が家に来た時、お母ちゃんは毅然《きぜん》としてたやんか？」

綾は昔を思い出して言った。

「そうやったかなぁ？」

「今回も本妻の強みを見せつけてやったらええわよ」

母は綾の気丈な言葉を聞くと、少し安心したのか微笑した。

「叔母ちゃんたちは元気なん？」

「倫ちゃんは、なんとかやっているみたいやよ。勝っちゃんも景気が良いから、久々に再会した万理《まり》ちゃんに大盤振る舞いしているようやけど、やはり、昔万理ちゃんを置いて家を出たことは、なかなか許してもらわれへんらしいんよ」

勝江も若い頃、夫の浮気に耐えかねて、まだ幼かった娘の万理を残して家を出ている。そのため、綾も従妹に当たる万理と長年会っていない。

「どういうこと？」

「勝っちゃん、ぼやいてたわ。万理は『お母さん』と呼んでくれへん。『勝江さん』と呼ぶってね」

「今になって、いくら金銭面での援助をしてもらっても、母親とは認められへんという万理ちゃんの気持ちの表れやね」

「そうやわね」

「それにしても、岡田家は不幸な女のオンパレードでございますね」

「そうやわね。それもこれも、私達が早くに母親を亡くしたせいかもしれへんわね」

母はしんみりと言った。

確かに広江の言うとおり、祖母が生きていたら、母たちの生き方はきっとまた違ったであろう。今では倫江をはじめ、母も含めて姉妹は四人共、幸せな人生を歩んでいるとは言えない。母親を早くに亡くしたせいで、姉妹は自分たちの生き方のよりどころとなる存在を喪《うしな》っただけでなく、困った時に相談する相手もいなかったであろう。

特に、倫江には母親の記憶は全くない。母親を知らないことが、倫江の人格形成や後の人生に与えた影響は、きっと計り知れないであろう。

桐生の手のぬくもりは、あるいは、倫江の知らなかった母なるもの――母性――を体現していたのではないだろうか？　自分に最も欠落しているものを埋めあわせてくれた人物に強く惹かれるのは、必然だったかもしれない。桐生の手のぬくもりに、魂の救済を感じたという倫江の言葉を綾はありありと思い出していた。

いつか、機会があったら、倫江に桐生の手のぬくもりの本当の意味を訊いてみよう――広江と話したその夜、綾はそう考えた。

そして綾は、昔、倫江に言われたとおり、とにかく医師になって経済的に自立しようとの意志を一層固くした。

「男性に依存するような生き方はしてはいけない」

それが、母や叔母たちから得た教訓である。

広江は二週間綾の下宿に滞在すると「お父さんが心配やから」と言って、大阪の実家に帰って行った。

桐生の死

綾は九一年春に医大を卒業した。

精神科を専攻することになったのは、やはり倫江の影響が少なからずあった。

倫江を通して人間の心の闇を見てきた綾であったが、精神科医になり、その闇を照らす光、即ち治療法を知りたいと思うようになったのも自然な選択であったであろう。

その同じ年に、桐生敬が亡くなった。

マスコミの報道によると、桐生敬は数年前からガンの闘病中とのことであった。娘の婚約問題が持ち上がった時には、あるいは、ガンは桐生の身体をもう蝕んでいたのかもしれない。

なにより、桐生敬死亡の報を、倫江がどう受け止めるかが綾の気がかりであった。倫江はきっとショックを受けるに違いないと綾は想像していた。綾は倫江に電話をかけた。

「叔母ちゃん、桐生さんが亡くなったみたいやね？」

「綾ちゃん、ありがとう。でも、それなら心配ご無用やよ。私は、これでやっと桐生さんから解放されたんやから」

倫江はサバサバと言った。

倫江の言葉は意外であったが、綾はすぐに、これは倫江が桐生の死を否認（※6）しているのだと思い当たった。倫江は桐生の死を認めたくない、受け容れられないのであろうと綾は察した。

時間が経って、倫江が桐生の死を本当に受容できるようになった時、またその気持ちを聞こうと綾は考えた。

今は、静かに倫江を見守っていようと綾は思った。

桐生敬が亡くなった翌年、伯母の正江も脳内出血で亡くなった。

大阪の正江の住まいは空き家になったが、倫江の将来の経済面を考えて、勝江はこの家を倫江の名義にした。その時点では、実際に倫江が住むことになるとは勝江も想像していなかったかもしれないが。

間もなく、バブル景気は弾けた。

山一証券が経営破綻したことに象徴されるように、日本中の経済が大打撃を被った。

勝江の店も同様で、バブルが弾けて資金繰りが苦しくなってからは借金で自転車操業していたが、それにも限界があった。勝江は店を閉め、破産宣告の手続きをすることになる。それでも勝江は京都に愛着があったため、生活保護を受けながら、その後も京都で暮らすことになる。

一方、倫江は大阪の正江が住んでいた住まいに移ることになり、姉妹は離れ離れになった。

勝江にしては、らしからぬことだが、金策に追われて困り果てていたため、窮余の一策として倫江の障がい者年金をも使いこんでいた。倫江は大阪で暮らすに当たって、先立つものがなかった。倫江から綾に援助を頼みたいと電話があった。

綾はその時、精神科病院に勤務しており、経済的には余裕があった。

「判りました、叔母ちゃん、毎月十万円をお送りします」

「迷惑かけてごめんね、綾ちゃん。余裕ができたら必ず返しますから」

「急がなくてええから。それにしても、日本中が大打撃を受けたもんやね？」

「勝っちゃんのお店も、正に天国から地獄やったわね」

日頃から勝江には世話になっているとの想いがあるためか、自分の年金を勝江が使いこんだことに立腹する風でもなく、倫江は冷静に事態を見ていた。

「ひとり暮らしになって、なにか困ったことがあったら、いつでも言うてきてね」

「綾ちゃん、ありがとう。でも、できる限り、自分の力でやってみるから」

とはいえ、目の悪い倫江にひとり暮らしができるものだろうかと綾は心配であった。

更に、例の心の病のこともある。勝江と暮らしている時は、様々な意味で勝江が防波堤になっていた節があったが、それがひとり暮らしになるとなくなり、倫江はひとりで自分の病と向きあわねばならない。そのことへの不安を倫江は口にしなかったが、綾は内心案じていた。

だが、さすがに勝江も同様に倫江を案じており、月に一度くらいのペースで大阪の倫江の住まいに泊まりがけで様子を見に行くようになる。

倫江のひとり暮らしから半年ほど経った頃、勝江から電話があった。

「倫ちゃんの家に泊まりに行ったら、誰かと会話している感じやねん。多分、相手は桐生やと思うわ」

「それはつまり、倫江叔母ちゃんに、桐生さんの幻聴があると言うことなん……？」

「そうやないかと思うんよ」

倫江に対話性の幻聴が出たとなると、病は一段階、深刻さを増したことになる。

「桐生さんが亡くなった時、倫江叔母ちゃんは、もうこれで解放されたと言うてたけど、やはり、そうではないんやね？」

「そうやよ、全然解放なんかされてへんよ。ずっと桐生の呪縛が続いていると思うんよ。綾ちゃん、一度、話を聴いてやってくれる？」

「判りました」

「それと、倫ちゃん、またタバコを喫うようになってるんよ」

「叔母ちゃんと離れて、寂しいんと違う？」

「そうなんやろうかね、とにかく身体にはええことあらへんよ」

幻聴にしろ、タバコにしろ、今の倫江には、きっと必要なものに違いないと綾は想像した。


次の日曜日、綾は倫江に電話をかけた。

「お久しぶりです。叔母ちゃん、ひとり暮らしはどない？」

「綾ちゃん、いつも心配してくれてありがとう。なんとかやってるわよ」

「なにか心配なことや不安なことはない？」

「大丈夫やよ、私には桐生さんがついているから」

倫江はさり気なく言う。

「桐生さんがついているって、どういう意味？」

綾の気持ちが波立つ。

「困ったことがあったり判断がつかへん時には、桐生さんにアドバイスを求めるんよ。そうしたら答えてくれるんよ」

「桐生さんと会話ができるん？」

「そうやよ、せやから寂しいこともあらへんわね」

「桐生さんと話していると楽しいん？」

「そうやね。なにより、いつも傍にいてくれるから心強いんよ」

綾は言葉を喪った。

桐生が亡くなった時「解放された」と言っていた倫江だが、綾は倫江が桐生の死を否認しているのだと感じた。幻聴が出たのも、結局、その否認が続いているからではないか？　倫江が桐生の死を受容することに失敗したと考えると、綾は暗澹《あんたん》たる思いがした。

倫江は大阪に移ってからも近くの病院の精神科に通院していたが、『核心部分』は主治医には伝えないので、この幻聴のことも恐らく言わないだろう。

一方で、桐生の幻聴は倫江に代わる自我として機能している様子なので、一概に否定するわけにもいかない。ひとり暮らしの寄る辺なさを少しでも改善しようと、倫江の心が生み出した苦肉の策が桐生の幻聴なのだとしたら、それはむしろ自然の成り行きだったかもしれない。

だが、倫江と桐生の幻聴との「蜜月関係」は長くは続かなかった。当初の桐生の幻聴は、倫江にとっていわゆる自我親和的（※7）なものであったが、それが自我違和的（※8）なものに変化するのに時間はかからなかった。

「桐生さんに責められて辛い」

倫江からしばしば電話がかかるようになってきた。

「叔母ちゃん、大丈夫なん?」

綾が案じて訊く。

「大丈夫やないんよ。桐生さんに私の欠点をあげつらわれて、とても辛いんよ」

「どんなことを言われるん?」

「お前は女として欠陥だらけや、とかね」

倫江は日頃から「自分は女としての魅力に自信はない」と言っている。

自分の想いが幻聴という形で倫江を苦しめているのだと思うと、綾も辛かった。

「叔母ちゃんも判っているかもしれへんけど、桐生さんの声は幻聴やよ? 現実の声と違うんよ。桐生さんは、もう亡くなってはるしね。主治医に話して、幻聴を抑える薬を処方してもらった方がええと思うわ」

「薬を飲んだら、桐生さんの声は消えてしまうんやね?」

「そうやよ、だから、もう辛い思いもせえへんですむようになると思うけど」

「桐生さんの声が聴こえへんようになったら、それはそれで辛いわ」

倫江は悲痛な声をあげて泣いた。

倫江の幻聴はアンビバレント（※9）なものなのだと綾は知った。

しかし、このままでは倫江の辛い状態は改善されない。

勝江に倫江の状態を話し、受診につき添い、勝江から主治医に幻聴の件を話してもらうように勧めた。

「判った。綾ちゃんの言うとおりにするから。いつもありがとうね」

勝江は言った。

倫江に幻聴を抑える薬が処方され、その効果が出て少し倫江は落ちついた。

最後の再会

それから数年の月日が流れた。

綾は四十歳を過ぎていたが、結婚もせず精神科病院の勤務医を続けていた。

春のある日、大阪からひょっこりと倫江が訪ねて来た。倫江と会うのは、伯母の正江の葬儀の時以来である。

倫江には化粧っ気はなく、白いシャツにチノパンを穿《は》き、同系色のベージュのパーカーを羽織っていた。落ち着いた配色の倫江の出で立ちに、綾は安心していた。

「綾ちゃん、お久しぶり。元気そうでなにより」

「叔母ちゃんも、元気そうで安心しました」

「その節はお世話になったわね」

倫江が大阪に移り住むようになって、経済的な援助をしていた綾だが、それも半年間のことであった。今では、倫江からの返済もすべて終わっている。

綾はショッピングモールの中にあるうどん屋へ倫江を案内した。運ばれてきた天ぷらうどんに箸をつけながら、二人は語りあった。

「調子はええの?」

「幻聴のこと? 桐生さんの幻聴とは、なんとか折りあいをつけてやっておりますわよ」

笑って倫江が答える。

「聴こえてきたら、どんな感じするん?」

「嬉しい時も、辛い時もあるけど、桐生さんはもうこの世の人やあらへんしね、そう言い聞かせてるんよ」

　ようやく倫江は桐生の死を受容できるようになったのかと思うと、綾は少し安堵した。

「幻聴って、とてもリアルなものらしいけど、やはりそうなん？」

「そうやよ、幻聴というけど、幻とは違うんよ、現実の声と同じように聴こえてくるわ」

「幻聴の世界に、引きこまれそうになるん？」

「そこをなんとか踏み留まっておりますわよ」

　倫江はまた笑って言った。

　幻聴との闘いは続いているのだと思うと、綾は胸が痛かった。だが、幻聴と一定の距離を置き、つきあえている様子には、綾も少し安心していた。

「叔母ちゃん、今でもジュリーは聴いているん？」

「聴いておりますわよ。でも、現実のジュリーは太ってしまって、若い頃のハンサムな面影はもうあらへんわね」

　倫江が苦笑する。

「ところで、綾ちゃんは、ええ人いてへんの？」

「モテへんのよ」

綾は一言のもとに言った。

「結婚する気はないん?」

「結婚生活は、お母ちゃんの生き方を見ていたら、希望が持たれへんなぁ」

綾はため息まじりに言った。

「せやけど、お母ちゃんはお父ちゃんを愛しているんよ。せやなかったら浮気を繰り返されて、夫婦でいられるはずがあれへんよ」

「そういうもんなんかなぁ？　今も、お父ちゃんが騒動を起こしているみたいやよ」

綾は眉間にシワを寄せる。

つい最近も母から、また父が外泊ばかりして、あまり帰宅しないと愚痴を聞かされたばかりだ。

「そういう綾ちゃんはファザコンやよ」

倫江はいたずらっぽく笑って言った。

「えっ？　そうなんかなぁ？」

意外なところを倫江につかれて、綾は一瞬、返答に困った。

しかし、実際、父の嘉男は幼い頃から綾を可愛がってきた。今でも綾が実家へ帰ると、父娘はふたりで将棋を指したりと仲は良い。嘉男は夫としては失格であろうが、父親としては悪くなかった。

「せやから、お父ちゃんみたいなダメ男に惹かれる可能性があるわね」

「お父ちゃんみたいな人を好きになったら、それこそお母ちゃんの二の舞やよ?」

綾は少し顔をしかめて答える。

「まあ、でも、確かに綾ちゃんの周りには、幸せな女はいてへんわね、私を筆頭にね」

倫江は少し伏し目がちに言う。

「綾ちゃんは経済的に自立しているからそれはええけど、女としても幸せになって欲しいんよ」

倫江は叔母らしく慈愛に満ちた目で綾を見つめる。

「ありがとう、叔母ちゃん。私にも運命の出会いがあるように祈っとってね」

「運命の出会いはええけど、桐生さんみたいなのに、引っかかったらあかんよ」

倫江は半ば自分に言い聞かせるような口調である。

「桐生さんの名前が出たところで、叔母ちゃんに訊いてもええかな?」

「何なりとどうぞ」

倫江が穏やかに答える。

「まだ時間はあるん?」

「あるわよ」

「ほんなら、スタバに行かへん？」

「それはグッドアイディアやね。コーヒーも飲みたいし、一服もしたいから」

倫江は相好を崩した。


ふたりは近くのスターバックスのテラスに場所を移して、話を続けた。

倫江はコーヒーを飲みながら、美味しそうにタバコを喫う。

「身体のためには、タバコはほどほどにせなあかんよ」

「はいはい、綾先生。ところで綾先生は、桐生さんのなにをお訊きになりたいのかな？」

「唐突にこんなことを訊いて、驚かんとってね」

綾は少し緊張を覚えたが、以前から抱いていた疑問を思い切って倫江にぶつけた。

「桐生さんの手のぬくもりって、お祖母ちゃんのそれを彷彿《ほうふつ》とさせるものやったんと違うんかな？」

倫江は一瞬、虚をつかれたような表情をしたが、すぐに笑顔に戻って答えた。

「つまり、桐生さんの手のぬくもりは、私の知らへん母親のぬくもりを教えてくれたという意味かな？」

「うん、そうです」

「それが、綾先生の分析ですか？」

「はい、ただ綾先生は、まだたけのこ医者ですし、大変僭越《せんえつ》だとは思いますが？」

綾は緊張を笑いに変えるように、倫江の口調を真似て言った。

倫江は少し考えながら、ゆっくりとした動作でコーヒーカップを手に取ると、一口飲んで答えた。

「いいえ、多分、綾ちゃんの言うとおりやと思うわ。桐生さんの手のぬくもりを感じている時、私は大きななにかに包まれている気がしていたから」

「お母さんに抱かれているような感じ？」

「そうやね、そんな感じやったわね」

そう言って、倫江は新しいタバコに火を点ける。

「でも、綾ちゃんは、またなんで桐生さんの手のぬくもりが母親と関係していると判ったん？」

「叔母ちゃん、昔、桐生さんの手のぬくもりに魂の救済を感じたと言うてたでしょ？そこまで思うのなら、母親という根源的な存在が関係しているのかと思ったんやけど」

倫江はタバコを灰皿に置きながらうなずいたが、まるでなにかを発見したように言う。

「その根源的な存在が、私にはいてへんかったわね」

そして倫江は、またコーヒーを飲み、噛《か》みしめるように静かに言った。

「多分、桐生さんは私に欠落している母親という名の空洞を埋めあわせてくれたんやろうね」

綾が学生時代、広江と話した時に感じたことを倫江も感じている——。

「叔母ちゃんが手のぬくもりだけで、あんなに桐生さんに惹かれたのも、その母性のせいなんかなぁ？」

更に綾は質問を重ねる。

「それが綾先生のお訊きになりたかった核心部分ですね？」

倫江は改まった口調で、だがニヤリと笑って言う。

「……多分、ご推察のとおりでございますよ」

「そうでございますか？」

綾も倫江の言葉につられて口調が似てしまうことに気づいて、笑った。

「そうでございますとも」

自分に言い聞かせるようにそう言って、倫江はカップのコーヒーを飲み干しタバコを消すと、綾の顔を真正面から見た。

「せやけど、綾ちゃんこそ、職業病もほどほどにせなあかんよ。身内の分析までしてたら、身体が持たへんよ」

ふたりの間に流れる緊張感をほぐすように、倫江がいつもの口調で笑って言う。

「そうやわね」

綾も屈託なく笑って答えた。


スターバックスを後にすると、綾は高速バスのバス停まで倫江を送って行った。

「叔母ちゃん、大したおもてなしもできなくてごめんね。また、気が向いたら遊びに来てね」

「こちらこそ、いつもありがとう。綾ちゃんも、時間が取れたら遊びに来てちょうだいね」

「なにかあったら、また電話を下さいね」

「そう言うたら、桐生さん、いたずら心のある人やから……」

言いかけて、倫江は止めた。

綾は倫江の言葉が気になったが、間もなくバスが到着した。

「ほんなら、綾ちゃん、またね」

「叔母ちゃんも、元気でね」

二人は自然に別れたが、これが倫江の姿の見納めになるとは、その時の綾は想像もしていなかった。

永遠の別れ

倫江と別れて、三ヵ月が経った。

倫江はまた調子を崩し、綾の元に電話がかかってきた。

「桐生さんが私の身体を触ってくるんよ」

倫江は沈痛な声で訴えた。

「例えば、どんなところ?」

「性感帯やよ。バストとか陰部とか触ってくるんよ」

三ヵ月前の別れ際、倫江が言っていた「桐生のいたずら心」とは、このことだったのかと綾は腑に落ちた。

「触られてどんな感じするん？」

「ものすごく嫌な感じやよ。私は、そんなつもりはあれへんのに、無理やり感じさせられている気がするんよ」

「叔母ちゃん、それは幻聴と同じで幻やよ。身体に幻聴が起きているようなもんやよ」

綾は倫江の症状を体感幻覚（※10）だと考えて言った。

「幻聴に薬が効いたように、やはり、薬で症状を抑えるしかないと思うねんけど？　主治医に話せる？」

綾は訊いた。

「こんなこと、六十歳過ぎのおばあちゃんが、とても恥ずかしくて他人に言われへんわ」

倫江は強く抵抗する。そうでなくても、これまで自分の問題の『核心部分』については、心に秘め主治医に話してこなかった倫江である。今更、主治医に話せと言っても無理なのかもしれない。普段なら勝江に頼むところだが、最近の勝江は体調が良くないと聞いている。

綾はできる限り自分で対応しようと考え、倫江に言った。

「叔母ちゃん、身体を触られることで辛くなったら、いつでも電話してきて」

「綾ちゃん、ありがとう。また電話させてもらうわ」


結果的には、それが倫江からの最後の電話となった。


その三ヵ月後の早朝、母の広江から電話があった。

「倫ちゃんが、亡くなったんよ」

母の声は震えていた。

「最近、連絡が取れへんからって、勝っちゃんが倫ちゃんの家を覗きに行ったら、階段のところで、首を吊っていたって……」


綾も呆然と母の言葉を聞くだけだった。

倫江の自殺の原因は、恐らく、体感幻覚だと綾は直ぐに思い当たった。「桐生に身体を触られる」と訴え、それをあんなに嫌がり恥ずかしがっていた倫江である。それを苦にして死を選んだとしても不思議ではない。

三ヵ月前に倫江から電話があった時、なんのアクションも起こさなかったことが悔やんでも悔やみきれない。綾の力だけでどうにかしようなどと考えたことは、完全に思い上がりであった。綾は自らの愚かさを呪うと、全身の血液が逆流するような感覚を覚えた。

人が人を救うなど簡単にできることではないとは、仕事から得た教訓であるが、倫江の死によって改めて思い知らされることになった。それでも、せめて、綾の方から倫江に電話をすべきであった。丁度、綾も仕事が立てこみ、多忙にまぎれて、倫江のことを忘れている日も多かった。

倫江は遺書などを残していなかった。

自分の問題の核心部分を秘めたまま逝《い》ってしまうのは、倫江らしかった。

ただ、半年前にわざわざ倫江が綾に会いに来たのは、あるいは、今日の日のことを予感していたのかもしれない。倫江は別れを告げに来たのではないか……？　綾はそう思った。

倫江の一生を他人が知ったら〝不幸な女〟と言うに違いない。

実際、その人生の大半は倫江は心の病との闘いであり、客観的に見れば不幸であったであろう。

だが、倫江自身が言っていたように、桐生敬の手のぬくもりによって、二十歳の時、魂の救済を受けたことも間違いではない。それは、倫江の人生において、一瞬の煌めきのような幸福の瞬間であったであろう。

桐生の手のぬくもりは、倫江の知らなかった母性を与えるものであった。この母性に導かれて、倫江は桐生を愛した。

そして、また倫江は病んだ時だけ、自身の女性性を解放することができた。これは、愛する桐生敬の前でだけ女でありたいという、倫江の願望の表れだったのだろうか？

こうして、病むことにおいてのみ、倫江は女として桐生と共に生きることができた。

それが懊悩しか与えないとしても、倫江が、桐生への愛を全うする道——女として生きる道——は心を病むことしかなかったのかもしれない。


綾は倫江の好きだった沢田研二の『時の過ぎゆくままに』をネットの動画で流した。

あなたはすっかりつかれてしまい
生きてることさえいやだと泣いた〜♪

桐生敬への狂愛に疲れ果て、逝ってしまった倫江を送るのに相応しい曲と思えた。

そして、曲を聴きながら、綾は崩れるように床に座り込み、倫江を救えなかった無念さにかられてないいた。とめどなく流れる涙で顔を濡らしながら、綾の耳に『時の過ぎゆくままに』の歌詞がふと止まった。

からだの傷ならなおせるけれど
心のいたではいやせはしない～♪

歌のとおり、綾は倫江の心の痛手を癒すことはできなかった。

だが、そもそも人は人の心の痛手を癒やしたり、あるいは救ったりすることはできるのだろうか？

多分、人は人を救うことはできない――。できると考えるのは、傲慢なように思える。

もし、救いがあるとしたら、二十歳の倫江が桐生敬から受けたそれのように、偶然に舞い降りてくるものだろう。

綾が倫江と共に過ごした歳月の中で、できたことは、北野天満宮でそうしたように倫江に寄り添って歩くことだけだった。倫江の人生のほんのひとときの伴走者たること――それが綾のできた唯一のことであった。綾という伴走者がいて、幾ばくかでも倫江の苦悩は和らいだであろうか？　それは、今となっては、もう知る術もない。

綾はようやく泣き止むと静かに立ち上がった。

ふいに、北野天満宮で倫江と手をつないだ時のそのぬくもりが思い出された。倫江が桐生の手のぬくもりを終生忘れることがなかったように、綾も倫江の手のぬくもりをこれから先も忘れることはないだろう。そのぬくもりを肌身で感じることはもう二度となにしても――。

倫江の死に顔は美しかった。

桐生敬の幻影に苦悩した日々を過ごした人とは思えない、凛《りん》とした清々しい美しさだった。

その顔は「散るからこそ、花は美しいんやよ」と言っているように綾には思えた。幼い日の綾に『薪能』の世界観を語った時と同じように。

これで、倫江は永遠の安息の場所に向かったのだ……綾はそう考えると、倫江が彼の世で桐生に逢えるように、倫江の好きだった真紅の口紅をそのくちびるに引いた。

【後注】

※1 『薪能』…旧家に生まれたいとこ同士の許されぬ愛と滅びの美学を描いた、立原正秋の初期の代表作。

※2 被愛妄想…自分が愛されていると確信する妄想。

※3 錯乱状態…意識の解体によって、論理と脈絡を欠いた思考や行動を取るような精神状態。

※4 黄斑変性症…目の網膜の中心部にある黄斑が冒されて、視力障がいを起こす疾患。

※5 色が出る…色気づく。エロティックな心模様になる様。

※6 否認…心の防衛機制のひとつ。不快・不安・恐怖などを引き起こす現実の存在を認知することを拒否する心の働き。

※7 自我親和的…感情・行動などが、その人の自我と調和し受け入れられているような状態。

※8 自我違和的…感情・行動などが、その人の自我にとり違和感があり矛盾するような状態。

※9 アンビバレント…同一の対象に対して、相反する感情を抱いている状態。

※10 体感幻覚…身体疾患がないにもかかわらず、奇妙な身体の感覚を覚える症状。

＊ 精神医学の用語に関しては、弘文堂の現代精神医学事典を参考にしました。

時代遅れの恋人たち

2022年6月1日　第1刷発行

著　者　西《にし》　綾《あや》

発行者　太田宏司郎
発行所　株式会社パレード
大阪本社　〒530-0043　大阪府大阪市北区天満2-7-12
TEL 06-6351-0740　FAX 06-6356-8129
東京支社　〒151-0051　東京都渋谷区千駄ヶ谷2-10-7
TEL 03-5413-3285　FAX 03-5413-3286
https://books.parade.co.jp
発売元　株式会社星雲社（共同出版社・流通責任出版社）
〒112-0005　東京都文京区水道1-3-30
TEL 03-3868-3275　FAX 03-3868-6588
装　幀　藤山めぐみ（PARADE Inc.）
印刷所　中央精版印刷株式会社

JASRAC 出 2201108-201

ISBN 978-4-434-30157-5　C0093